给好运一点点时间

萧三闲 / 著

光明日报出版社

图书在版编目（CIP）数据

给好运一点点时间 / 萧三闲著 . -- 北京：光明日报出版社，2024.5
ISBN 978-7-5194-7926-8

Ⅰ.①给… Ⅱ.①萧… Ⅲ.①散文集—中国—当代 Ⅳ.① I267

中国国家版本馆 CIP 数据核字 (2024) 第 085829 号

给好运一点点时间
GEI HAOYUN YIDIANDIAN SHIJIAN

著　　者：萧三闲	
责任编辑：谢　香	责任校对：徐　蔚
特约编辑：胡　峰　孙美婷	责任印制：曹　净

封面设计：仙境设计

出版发行：光明日报出版社
地　　址：北京市西城区永安路 106 号，100050
电　　话：010-63169890（咨询），010-63131930（邮购）
传　　真：010-63131930
网　　址：http://book.gmw.cn
E － mail：gmrbcbs@gmw.cn
法律顾问：北京市兰台律师事务所龚柳方律师
印　　刷：山东新华印务有限公司
装　　订：山东新华印务有限公司
本书如有破损、缺页、装订错误，请与本社联系调换，电话：010-63131930

开　　本：146mm×210mm	印　张：8

字　　数：80 千字
版　　次：2024 年 5 月第 1 版
印　　次：2024 年 5 月第 1 次印刷
书　　号：978-7-5194-7926-8
定　　价：49.80 元

版权所有　翻印必究

生活普普通通，依然乐在其中

"人生如逆旅，我亦是过客。"娑婆世界里，我们是芸芸众生中的无名之辈；人生旅途上，我们是普普通通的路人甲乙丙丁。没有含着金钥匙出生的背景，没有璀璨星光照耀前程，没有华丽舞台为你铺设，只有一条平凡的崎岖小路，通往未知的前方。

一日三餐，一年四季，一生一世，是我们简单明了的人生轨迹。但我们不嫌弃，不放弃，不抛弃，就像歌里唱的——生活普普通通，依然乐在其中。

生活究竟该是什么样子？没有标准答案。霓裳羽衣是衣着，粗缯大布也是衣着；山珍海味是美食，粗茶淡饭也是美食；广厦千万间是住宿，片瓦遮身也是住宿；香车宝马是出行，安步当车也是出行……总之，锦衣玉食是生活，箪食瓢饮也是生活。你可以说，生活的品质一目了然；我可以说，人生的质量未必如你所见。

有生气地活着，简称生活。肉肉生活中是一个普普通通的邻家小女孩,俗称"别人家孩子"。长得肉嘟嘟但不油腻,可爱;讲究吃但不挑食,吃货;努力但成绩一般,学渣;坚持运动但不减肥,胖妞;有智慧但憨头憨脑,单纯。她有别人家孩子身上所有的优点,也有咱家孩子身上所有的缺点,给人的第一感觉就是,这孩子我好像在哪儿见过,或者这不就是我家那个吗?甚至,她就是你自己在平面镜或哈哈镜里的镜像。

在正式成为唐风肉肉之前,肉肉主要和胖闲一起演绎亲子关系的段子。直到2021年新年后的某一天,唐风肉肉的第一幅治愈小画《世事未必都如意,坚持一定有惊喜》发布,这个一袭唐风的卖鸡汤的小胖妞便深入人心,被誉为"国民治愈小妞"。

人心是需要治愈的,尤其是我们这些生活在大时代的小人物,生活在非凡世界的平凡人。我们为普普通通的生活付出了不普通的代价,"压力山大",以至于心情时常抑郁,灵魂长期得不到安抚。如果唐风肉肉能为你的生活带去一丝慰藉,为你的心灵送上些许抚慰,便是她存在的最大意义。

我们不需要拥有全世界,只需一方属于自己的小天地。在这方小小天地里,你能安然享受一个人的宁静与快乐,能发现更多未知的、更好的自己。希望唐风肉肉也能在其中某个不起眼的角落,默默地陪着你。

世界熙熙攘攘,我们都是独行者,但并不孤独。因为在这条普普通通的人生路上,会遇到无数普普通通的行人,我们一起过着普普通通的生活。我们有的是机会相互鼓励,相互扶持,共同走过一段段旅程。

　　不管未来我们是否依旧平凡，也不管未来生活是否依旧普通，我们心中仍然有梦、有爱、有光、有温度，依然乐在其中。

　　感恩生命里的每一次遇见，感恩生活中的每一秒陪伴。感恩关注和喜爱唐风肉肉的每一位普通人，你们的爱是唐风肉肉继续可爱下去的理由。感恩参与编辑出版发行这本书的每一位小伙伴，你们让唐风肉肉的首本治愈画集有机会以纸质图书形式呈现在更多人面前。感恩捧起这本书的每一位可爱的读者，你们将爱和治愈的能量传播传递到更广更深远的地方。

　　感恩遇见，感恩陪伴。

2024年1月20日

于重庆三三山房

目录

辑一 青莲三两枝，日日是好日

青莲三两枝，日日是好日 – 003

红泥小火炉，能饮一杯无 – 005

小窗独坐听秋吟，秋风秋雨秋无痕 – 007

东边日出西边雨，总有清风伴我行 – 009

一盏夜读的灯，抚慰多少疲惫的灵魂 – 011

小桥流水寻常人家，读书写字画点小画 – 013

一捧闲暇半盏茶，无惧俗事乱如麻 – 015

可乐炸鸡配春光，该去浪时尽情浪 – 017

春田花花风筝飞，送走烦恼好运随 – 019

一生一世一心人，粗茶淡饭度光阴 – 021

有时候我只想静静，她曾是我最好的朋友 – 023

你是一树一树的花开，静候一阵一阵的风来 – 025

蜗牛蜗牛你慢些爬，别匆匆忙忙把生活落下 – 027

鸟儿太吵花儿太闹，你听春雨在微笑 – 029

如果跟鸟儿一起飞翔，眼里只有诗和远方 – 031

人间一趟，手牵手看看太阳 – 033

你不动，风动幡动心动都不管用 – 035

遇事莫着急，得闲多读书 – 037

我见天地真欢喜，天地见我亦如是 – 039

跟春风尽情熊抱，让心花怒放不生烦恼 – 041

VI

辑二 生活普普通通，依然乐在其中

生活普普通通，依然乐在其中 – 045

人间佳话，欢喜吃瓜 – 047

人生如戏全凭演技，散了忧愁只剩欢喜 – 049

世界吵吵闹闹，我想静静微笑 – 051

开心你就冒个泡，生气你就闹一闹 – 053

因为爱，我们成了家人 – 055

家人闲坐，灯火可亲 – 057

帐外有星空，奶奶的睡前故事有点惊悚 – 059

父亲，那个永远默默为你托底的人 – 061

假期安排这么有智慧，不出去浪完全是浪费 – 063

又是一年三月三，上巳祈福春水畔 – 065

天上掠过云中燕，绿水青山带笑看 – 067

骑着马儿唱着歌，走遍祖国好山河 – 069

说说笑笑烦恼都跑掉，开开心心越活越年轻 – 071

没有我们这样可爱的人儿，哪来那些有趣的历史 – 073

不想问你从哪里来，只想请你吃火锅和川菜 – 075

身在福中要惜福，美中不足当知足 – 077

山中一盘神仙棋，管他酷暑与三伏 – 079

晒姜晒被晒肚肚，腹有诗书人有福 – 081

七月七日七夕夜，可怜牵牛织女心 – 083

半城山水平秋色，满目韶光共此时 – 085

岁岁重阳今又是，人人安康事如意 – 087

有礼没礼，开心第一 – 089

房子不扫干净没法过年，心里不清空怎么过日子 – 091

爱笑的人运气不会差，红运当头照你走天下 – 093

小妖怪的年夜饭 – 095

红包雨下起来，让你想躲也躲不开 – 097

财神爷爷咱们回家啦 – 099

气顺身安我心舒畅，事顺人和百业兴旺 – 101

任你牛气冲天，我只爱春风拂面 – 103

辑三　人生不过一百年，开心一日赚一天

天大地大，不开心怎么装得下 – 107

越天真越开心，烦恼焦虑伤自身 – 109

倒过来试一试，谁都不比谁容易 – 111

直起腰杆做个人，委屈别扭谁爱忍 – 113

坚持坚持再坚持，撑起你的只有你自己 – 115

脚踏实地仰望天空，全程努力心态放松 – 117

放下身段做事，成不成都得试 – 119

日复一日多无聊，坚持为生活添调料 – 121

追梦路上坑不少，你得学会修路和架桥 – 123

身体舒展灵魂自由，快乐和白云在天空游走 – 125

每天坚持一小步，未来收获大财富 – 127

除了咬牙坚持，你难道还有别的本事 – 129

就算低入尘埃，也得仰望星空 – 131

身清净，心轻松，且将烦恼付东风 – 133

静下心来想一想，世界没有我会怎么样 – 135

任劳任怨不能蛮干，能屈能伸不越底线 – 137

坚持坚持再坚持，最美不过默默坚持的你 – 139

微笑保持背挺直，努力坚持做自己 – 141

没什么大不了，天塌下来轮不到你伸脚 – 143

谁不是个宝宝，谁不想放下世界睡个饱饱 – 145

心似莲开，清风满怀 – 147

IX

在尘埃里打拼生活，在云天上放飞自我 – 149

谁也不比谁容易，只是可能比你更努力 – 151

你不必让所有人都满意，但至少让自己过得去 – 153

遇事多往好处想，就算不好也莫慌 – 155

抬头挺胸做自己，无惧无悔走下去 – 157

工作上少为难别人，生活中莫为难自己 – 159

人生不过一百年，开心一日赚一天 – 161

菩萨低眉遇善则善，金刚怒目当断必断 – 163

生活不易默默努力，人生艰难咬牙坚持 – 165

你待世界若真爱，世界看你更可爱 – 167

撑住了，你也是一道风景 – 169

人生就像骑单车，不继续前行就下车 – 171

别把自己搞得太紧绷，越忙越要放轻松 – 173

浮躁时事事厌烦，息心处人人可亲 – 175

过好当下每一天，想太多其实不相干 – 177

饭吃好觉睡饱，独立思考全力奔跑 – 179

撑住撑住，不撑到最后不算数 – 181

就算背对大地摔倒，也要面朝天空微笑 – 183

倒立都这么不容易，换位思考更了不起 – 185

起风了莫硬扛，不想迎风起舞便乘风飞翔 – 187

脸上有阳光，你便是太阳 – 189

人生路长孤单难免，学会做自己最好的玩伴 – 191

辑四　不要慌不要慌，太阳睡了还有月亮

不要慌不要慌，太阳睡了还有月亮 – 195

世事未必都如意，坚持一定有惊喜 – 197

成不成事没关系，要盛就盛个大柿 – 199

控制小情绪管好牛脾气，收获一辈子大吉大利 – 201

人生匆匆似花开花落，尽情绚烂何须问结果 – 203

"鸭梨山大"不用怕，炖成梨膏润一下 – 205

我的生活我做主，适当减负不受苦 – 207

别管今天会不会开心，每一天都值得十二分用心 – 209

你我都需要一次壮游，去探寻内心秘境的入口 – 211

前行路上多辛苦，务必学会放下和知足 – 213

以万物为宝藏，自己才能成为宝藏 – 215

前行路上坑连坑，学习佩奇跳泥坑 – 217

有人愿意为你铤而走险，千万别装看不见 – 219

自己的王宫自己建，该搬的砖还得努力搬 – 221

走稳人生钢丝绳，时刻不忘抓平衡 – 223

一举高中，旗开得胜 – 225

更努力的自己，才能成为更幸运的锦鲤 – 227

许你乘风破浪的自由，谁不想做一回任性勇敢的波妞 – 229

这一程顶峰相见，下一程曙光乍现 – 231

我愿像小小溪流穿行美丽山川，我欲于群山之巅凝望多彩人间 – 233

人生路风雨无阻，辛苦前方是幸福 – 235

用七分正经努力工作，留三分有趣认真生活 – 237

有事没事多读书，挣多挣少都知足 – 239

老板为人怎么样，关键就看年终奖 – 241

我和我的祖国，一刻也不能分割 – 243

辑一

青莲三两枝，
日日是好日

青莲三两枝，日日是好日

爱花的人没有不喜欢莲花的

无论是普通的荷花，还是不普通的青莲

如果有机会划上小舟荡到荷塘深处

自己亲手采得几枝捧回家插瓶

心里必定能美上好几天

这样的场景现代人已经很难想象

真有兴致的人能到花市买上几枝荷花或睡莲

已经是难得的雅兴

睡莲剥去绿萼深水插瓶极好养活

荷花从菡萏插瓶要养到盛开

则是相当不容易的事情

有时候不得不手动开花

花开不开其实已经不那么重要

插花养花的过程才是欢喜满足的源泉

由此，在爱花人眼里

春夏秋冬都是百花齐放的季节

阴晴雨雪的日子都是好日子

因为他们心里永远绽放最美丽的花

红泥小火炉,能饮一杯无

白居易大人是懂生活的

即使"晚来天欲雪",心情也丝毫不受影响

"绿蚁新醅酒,红泥小火炉"整起

便开始组局,呼朋唤友"能饮一杯无"

喝酒早已不再这么文质彬彬诗情画意

反倒是茶道有一些复兴的迹象

比如这两年街边随处可见的围炉煮茶

虽然炉已不是那个炉,茶也多出许多莫名其妙的花样

但一伙人围炉而坐的氛围

仍是那样温暖恬静

即使没有吟诗作对的雅兴

至少没有酒桌上的粗俗喧哗

最要紧的是

弥漫的茶香远比酒气好闻得多

当然,茶友与酒友对此肯定持不同意见

管他呢!板桥老人说的"难得糊涂"

放茶桌酒桌后面都适合

小窗独坐听秋吟，秋风秋雨秋无痕

秋天是所有人都不反感的季节

一个"秋高气爽"就能反映人们的偏爱

也许正是由于"偏心眼"式的爱

汉语词典里"秋"跟"愁"就再也脱离不了关系

就像偏心的父母总觉得自己疼爱的那个孩子最乖最可怜

秋天让人心生怜爱

大约是因为"小春日和"的艳阳天总是短暂

而阴晦的秋风秋雨又太过绵长

连续十天半月淅淅沥沥像是天漏了

艳阳天变成愁容惨淡的怨妇

谁看了不愁呢

不过，日子总是风和日丽

久而久之也会腻

一路欢歌笑语也需要时不时换个调

才是生活应有的旋律

因此，如果遭遇"秋风秋雨愁煞人"的天气

与其跟着愁眉苦脸

不如小窗独坐沏一壶淡茶

细品

东边日出西边雨，总有清风伴我行

小时候看到的天地似乎更大更广阔

与住在"钢筋水泥"里的感受大不一样

放学路上突然来了阵雨

远方却依然阳光普照

就幻想跑到晴雨交界处去看一看

那究竟是一番怎样的景象

后来读到刘禹锡的《竹枝词》

"东边日出西边雨，道是无晴却有晴"

认为诗人的心思总比我们凡夫俗子复杂

总给人话里有话的感觉

后来在高原游历的时候

东边日出西边雨的情形成了家常便饭

晴雨交界的地方也不止一次逗留

好奇心便荡然无存

天地进一步变窄，窄到只剩城市高楼的缝隙

"东边日出西边雨"就只剩下一行文字

其实无论天地大小

亦无论天晴或雨

至少还有清风伴我同行

就算全世界都离我而去，还有清风明月与我同坐

不是吗

一盏夜读的灯,抚慰多少疲惫的灵魂

电视开机率断崖式下跌引发一些人的焦虑

电视荧屏不再耀眼

越来越刺眼的却是手机屏幕

人们夜以继日行住坐卧机不离手的现状

甚至令人联想到了百年前的鸦片危机

老祖宗们抱着大烟卧成"东亚病夫"的情形

而先于电视荧屏熄灭的

——是那盏夜读的灯火

是否有人为此焦虑和担忧呢

尽管囊萤映雪、凿壁偷光是不切实际的励志故事

但夜读的灯火实实在在温暖了人类几千年

那盏夜读的灯曾经抚慰过多少疲惫的灵魂

那盏夜读的灯曾经照亮过多少人的前程

那盏夜读的灯曾经明亮过多少迷茫的眼

不管它的材质和燃料、工艺如何变迁

它永远那样温馨明亮

却也弱不禁风

不知道远离书本,关闭那盏夜读的灯

沉溺于手机和网络虚拟世界的我们

终将何去何从

小桥流水寻常人家，读书写字画点小画

我们梦想的家园

大抵是像马致远笔下的"小桥流水人家"

山水庭院始终是中国人的灵魂居所

不过对大多数现代人而言

城市高楼鸽子笼才是现实的家

这个所谓的"家"与"园"没有半毛钱关系

就像网友们在段子里说的

地板是楼下邻居家的天花板

墙壁是隔壁邻居家的墙壁

天花板是楼上邻居家的地板

这个片瓦跟你无关的水泥盒子能叫家吗

所以梦想还是要有的，万一真有那样一个家呢

我们的要求并不高

小桥流水寻常人家

无须高门豪宅和私家园林

能在那个小小的家里读书写字画点小画

无须山珍海味夜夜笙歌

那不过是灵魂的居所

良知的归宿

一捧闲暇半盏茶，无惧俗事乱如麻

都说努力工作是为了享受生活

但真正享受的生活却没那么复杂

也不需要你为此忙到整天脚不沾地

因为真正享受生活最需要的就是闲

让自己闲下来

才有享受生活的可能

所以，闲才是生活最重要的基础条件

否则匆匆忙忙算什么

那叫"忙活"

相反，你如果有大把悠闲时光

不管有没有足够的经济实力和物质条件

都可以把生活过得活色生香

一捧闲暇半盏茶

一个习惯享受悠闲生活的人

自然不怕自己没时间干这没时间干那

世俗事物不过是浮云

人生那么短

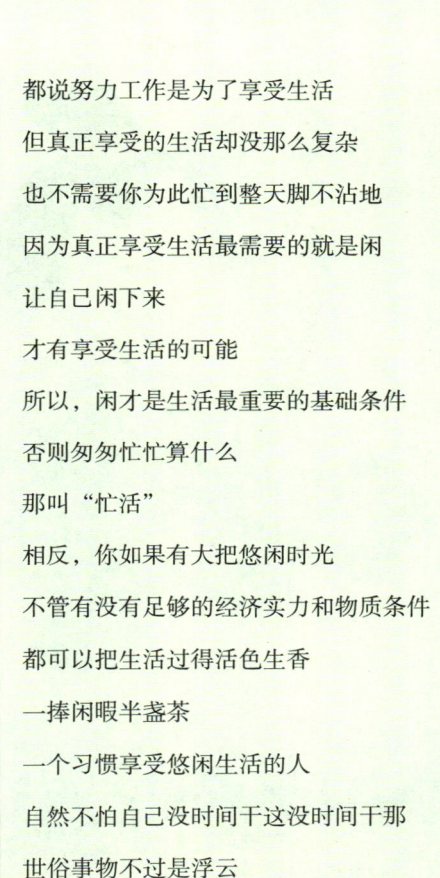

忙也一日，闲也一天

你怎么选

可乐炸鸡配春光，该去浪时尽情浪

可乐最令人着迷的永远是前三口

气泡散尽之后的口水味儿着实乏味

很多时候，喝过几口的可乐只能连瓶扔掉

炸鸡最让人上瘾的也是刚出锅那几分钟

油温冷却之后的鸡肉和脆皮味同嚼蜡

只能当垃圾扔掉

这也许才是其被称作垃圾食品的根本原因

春天最美好的样子则是春光乍泄的那些瞬间

再美的春光看久了也难免审美疲劳

就像人面桃花如果不再互相映衬便不如不见

所以，最美妙的生活莫过于——

可乐炸鸡配春光

人生苦短，快乐更不可能持久

该出去浪的时候莫迟疑

因为一切美好都短暂易逝

今日红颜不过明日黄花

还等什么呢

春田花花风筝飞，送走烦恼好运随

春天的田野无疑是最富有生机的存在

除了一树一树的次第花开

田地间的庄稼也美到让人语无伦次

青青绿绿的麦苗苗，翠碧欲滴的菜叶叶

还有成片成片金灿灿的油菜花

在春日阳光的照射下显得格外耀眼夺目

传统的油菜花丛通常有一人多高

以前的孩子们常躲在里面打猪草

钻出来的时候，背篓上头发上都落满金黄色的花瓣

现在改良的观赏菜花已经矮了一大截

方便游客在花丛间行走拍照

如果此时正好有春风

就占尽了放风筝的天时地利人和

孩子们在田埂上撒开脚丫子奔跑

手里的风筝线被不断飞升的风筝扯得呼呼作响

五颜六色的风筝带着菜花香摇摇摆摆越飞越高

高到看上去成了一个小点

原本燕子、蝴蝶、金鱼和孙猴儿的造型已经模糊

放风筝的人儿早已停下来

静静沐浴着春风和阳光，品味带着菜花香甜的空气

临了，便铰断那长长的风筝线放下对那只风筝最后的牵挂

说一声"放没（霉）了"，据说这样便送走了一年的烦恼

这也是一种断舍离

一生一世一心人,粗茶淡饭度光阴

木心说,从前车马慢,一生只够爱一人

现在世道变化快

白首一心人已经很难得

为什么呢

真的仅仅是因为世界变化快吗

不知道

人心隔肚皮,一人的心尚且猜不透

一个地球村的人怎么解

所以,如果得一有心人

便好好珍惜

即使粗茶淡饭

也因为陪伴的人而别有一番滋味

生活就是这样

原本平淡无奇的寻常日子

往往因为跟你一起的人而变得津津有味

就像多年前传出的"爱情天梯"的故事

他们貌似因为彼此而放弃了整个世界

却因为拥有彼此而拥有了真正属于自己的世界

有时候我只想静静,她曾是我最好的朋友

世界轰隆隆像一列老式火车

哐啷哐啷停不下来

车上塞满了种种永不停息的喧嚣

我们有时候加入了他们的热闹

尽情疯狂制造噪声和烦躁

但有时候

我们又只想安静下来

将自己封闭进一个专属于自己的空间

这时你才蓦然发现一切都已变得不可能

浮躁与喧嚣像长满触手的怪物

不仅控制了我们所有的感官

而且早已深入我们的骨髓,甚至细胞

停不下来!根本停不下来

静不下来!完全静不下来

那位叫静静的好朋友

早已因为我们的忽视和冷落

离我们而去

有时候我还是忍不住只想静静

她曾是我最好的朋友

你是一树一树的花开
静候一阵一阵的风来

萧三朗

你是一树一树的花开，静候一阵一阵的风来

"你是一树一树的花开"

是林徽因当年写给儿子的著名诗句

唐风肉肉的第一本插画手账也以此作书名

人间四月天的确是一年之中最美的时光

春花乱放、草木齐芳、风和日丽

就像人生的少年时期

一切都生机勃勃、新鲜娇嫩却不失韧劲

一切都热烈奔放、天真烂漫却不失优雅

一切都未来可期、前程似锦却不免娇弱

不管你现在处于人生的哪个阶段

一定都深爱着鲜衣怒马少年时

越是上了年纪

越是爱得热切直白

这也是为什么少年男团的粉丝主力都是妈妈党

而种种男团女团都拥有海量的粉丝

大妈大叔追起星来比谁都疯狂

豆蔻年华谁不爱

蜗牛蜗牛你慢些爬
别匆匆忙忙把生活落下

蜗牛蜗牛你慢些爬，别匆匆忙忙把生活落下

自从电子技术深度介入人类生活

我们就再也慢不下来

无线网络的即时通讯轻松取代了传统邮件

移动通信从 2G 时代转眼发展到了 5G 时代

高铁动车大面积淘汰了绿皮火车

购物也从逛街转移到了线上刷直播下单

我们还计较的是物流为什么不能再快

外卖为什么会超时

匆匆忙忙大概率会由我们这几代人写入人类基因

未来的人类幼崽生下来就着急上火要这要那

这是不是一件细思极恐的事情

重新回到慢吞吞的蜗牛背上生活已经不再可能

连"一骑红尘妃子笑"的效率也早被我们嫌弃

我们匆匆忙忙过的日子

可能已不再是生活

而只是奔波

因为生活早已被我们落在某个冷僻的角落

也许只有当我们匆匆忙忙老去

才能在恍惚的回忆里想起她模糊美好的样子

鸟儿太吵花儿太闹
你听春雨在微笑

鸟儿太吵花儿太闹,你听春雨在微笑

"好雨知时节,当春乃发生"

诗圣有着一流的审美

他懂得自然之美与生活之美

因为他颠沛流离的人生中不止一次失去过

春雨就像诗圣那优美的诗行

不同的人不同的时间都可以读出不一样的美

她更像一位飘然而至轻吟浅笑的仙子

不带一丝人间烟火气

却让所有人感到亲切无比

在她面前

歌喉婉转的鸟儿只会太吵

争奇斗艳的花儿只嫌太闹

你必须保持应有的安静、尊重和矜持

才能一睹芳颜

据说

看得见春雨微笑的人儿

都是隐匿凡间的天使

如果跟鸟儿一起飞翔
眼里只有诗和远方

如果跟鸟儿一起飞翔,眼里只有诗和远方

宫崎骏《魔女宅急便》里的小魔女

骑着扫把飞来飞去送外卖的场景肯定迷倒众生

毕竟,像鸟儿一样在天空自由飞翔的梦想

哪个人没有过

即使你现在失去了那样的想象力

你还是个孩子的时候一定没少想

为什么人不能"天高任鸟飞"

只能成为地心引力的忠实俘虏

有人说,成人之前我们都是会飞的天使

只是成人以后肉身沉重

再也没有飞翔的可能

更重要的是,我们非但没有反思为什么

反而沉迷于口腹之欲使肉身愈发沉重

也有人说,同样是鹅

肉鹅之所以不能像天鹅那样飞翔

同样是因为肉身沉重

迷人的肉身让我们无法自拔

于是,我们便只剩下了眼前的苟且

彻底失去了诗与远方

人间一趟
手牵手看看太阳

人间一趟，手牵手看看太阳

人间一趟不一定是最好的选择

却是不得已的归宿和起点

人间一趟证明你我并不完美

还需要接受人世间的种种历练

人间一趟也有太多美好的相遇

婆娑世界的美总会让我们迷失不前

风花雪月、灯红酒绿、男欢女爱，种种不可言说的美妙事物之外

我们最爱的其实很简单

人间一趟，手牵手看看太阳

太阳酷烈时如地狱之火

太阳温柔时如天堂之光

太阳沉默时如暗黑之夜

那都是我们的最爱

因为陪在我们身边的人

无论男女老少，都是至爱

人间一趟

生活本就如此简单迷人

而大千世界不过是可有可无的背景

你不动
风动幡动心动都不管用

你不动，风动幡动心动都不管用

这是一桩广为流传的禅宗公案

你所见的是风吹幡动

实际上是仁者你的心动

你若不心动，这风动幡动跟你有什么关系

有人批评我们不讲"逻辑"

或者说我们的逻辑不同于他们的逻辑

我们的逻辑自有一套

禅宗便是典型

风动幡动与心动的逻辑就在于

菩提本无树，明镜亦非台

本来无一物，哪来动不动

当代年轻人大抵是大彻大悟了

他们说话做事都直指人心

只要我不尴尬，尴尬的就是别人

任你齐天大圣七十二变

我爱看不看

任你玉帝老儿无法无天

我爱管不管

任你如来佛祖法力无边

我爱理不理

你不动，任他风动幡动心动都不管用

遇事莫着急
得闲多读书

遇事莫着急，得闲多读书

泰山崩于前而色不改

话虽说得这样淡定

实际还是得看泰山跟你的现实距离

泥石流可是不长眼啊

遇大事认清现实

叫识时务者为俊杰

遇小事不着急上火

是普通人应有的淡定

否则遇事就着急上火

不仅会坏事，还伤身体

不着急，慢慢来，该怎么安排就怎么安排

静下来喝杯茶，闲下来读本书

都是极好的

免得急火攻心

还能顺带找找解决问题的办法

正所谓"事缓则圆，人缓则安，语迟则贵"

事情缓一缓更可能找到转机和解决之道

人缓下来就不再急躁反而能安心做事

话慢慢说才不至于躁语伤人乱语坏事

我见天地真欢喜
天地见我亦如是

我见天地真欢喜，天地见我亦如是

在人造环境里生活时间长了

难免有一种不接地气的感觉

仿佛身体缺这缺那，心里这不对那不对

一旦到大自然里走一走

呼吸几口新鲜空气

便觉得整个人又活过来了

人是天地之子

古人常将"天地人"放在一起说事

他们认为天地日月精华是人不可或缺的

而我们现代生活中的人造环境缺少的正是这一点

所以，有事没事多到大自然中去

让山川日月唤醒我们的感官

让大自然的天籁之声荡涤我们的灵魂

洗心洗肺重返自然天真的赤子状态

与自然和谐共生才是天长地久之道

我见天地真欢喜，天地见我亦如是

希望你我都不是远离自然的人

跟春风尽情熊抱
让心花怒放不生烦恼

跟春风尽情熊抱，让心花怒放不生烦恼

孩子的快乐很简单

有父母疼爱，吃得饱穿得暖

能无拘无束自在玩耍

其他的一切都是"身外物"

在纯真的孩子眼里

连春风都是看得见摸得着的

看上去像语文课本上的"春姑娘"

温柔美丽，楚楚动人

摸上去像床头边的玩偶熊

肆无忌惮地跟它来个"熊抱"

暖暖的，软软的

像脚下刚冒出头的新草地

那一片娇嫩的绿意里

正悄无声息地开出五色的花

不知名的，也不需要知道她们的名字

就像心里那些不知来由的小欢喜

点点滴滴，波澜不惊

却让烦恼消失无踪

辑二

生活普普通通，
　　依然乐在其中

生活普普通通
依然乐在其中

生活普普通通，依然乐在其中

生活跟玩游戏没什么区别

也需要角色、道具、脚本和队友

也需要一关接一关打怪升级

很多人直到 game over（游戏结束）也只是个底层玩家

这就是普通人的普通生活

没有了不得的背景，缺少可利用的资源

没有管用的人脉，看不到上升通道和晋升机制

甚至没有稍微改变一下命运的运气

从出生到离去都被人群裹挟着被动前行

或者原地打转

你以为自己十二分努力胜券在握

在别人眼里却不值一提

你的游戏玩得拼尽全力却毫无希望

不过是脚本的设定和代码的限制

顶级玩家终究只有那几个

我们依然奋力打拼乐在其中

因为别无选择

游戏一旦开始便无法强制退出或关机

人间佳话
欢喜吃瓜

人间佳话，欢喜吃瓜

许多被传为人间佳话的故事

到头来都被证实不过是伪装得过于美好的瓜

瓜无论大小，好吃就有口碑

瓜吃得多了，吃瓜群众的口味就变得挑剔

人间太多事都出自神编剧之手

普通的编剧都不敢那样编

这样的瓜无疑便是吃瓜群众心中的好瓜

不过，自从注水瓜多了

吃瓜这件事体验感就急剧下降

所以，成熟的吃瓜群众都有良好的心态

凡事都抱着一个"呵呵"的心态

套用唐人韦庄的名句——

"遇瓜且呵呵，人生能几何"

这便是难得的欢喜心

人间佳话，欢喜吃瓜

那么较真儿干吗

人生如戏全凭演技
散了忧愁只剩欢喜

人生如戏全凭演技，散了忧愁只剩欢喜

世界是个大舞台

你方唱罢我登场

悲欢离合都是戏

喜怒哀乐皆是情

生旦净末丑便是你我他

有人粉墨登场

有人素面朝天

有人唱念做打一板一眼都是戏

有人自始至终顶着一张脸

我们唱的这出多幕剧便是人生

正所谓人生如戏，戏如人生

你哪里分得清哪是戏里戏外哪是台上台下

一辈子演下来，谁不是演啥像啥的老戏骨

演戏给人看为别人一乐

是你的价值

别人演戏给你看图你一乐

是别人的本事

人活着彼此解闷，多好

世界吵吵闹闹
我想静静微笑

世界吵吵闹闹，我想静静微笑

每个人都有两个世界

一个那么大，车马喧嚣

我们置身其中渺小如蝼蚁

一个那么小，小到常常被忽略

在我们心中的某个隐秘角落

只有当你完全静下来时才可能发现

它竟是一个比陶翁笔下还美的世外桃源

这个小小世界一经发现

便让你流连忘返

忘了外面那个吵吵闹闹的世界

这里的一切都按你的想象布置陈设

山水田园，亭台楼阁，花草树木

以至万物众生

除了自然之音和人们的欢声笑语

这个世界总是安安静静

伴着你的心跳和呼吸

一如藏身夏天的荷塘深处

看着偶尔路过的蜻蜓

枕着荷香、花阴和默默流淌的时光

嘴角情不自禁流露出淡淡的微笑

开心你就冒个泡
生气你就闹一闹

开心你就冒个泡，生气你就闹一闹

现代人突然就开始流行抑郁症

一个人想不开郁闷到死去活来的样子真可怕

关键是旁观者根本看不出来到底发生了啥

他们的世界却正在无可救药地坍塌

你不能劝他想开点，更不能说他想多了

他会说你不懂他的苦

不被别人懂的痛，谁没有过

但对于抑郁症患者而言所有悲观都是不可控的

除非借助药物麻痹他们的神经

据医学研究发现，适当的情绪发泄

能切实减少抑郁的发作概率

所有的抑郁真是"闷"出来的

他们长期找不到适当的发泄对象和发泄渠道

导致肝郁胸闷抑郁成疾

因此，无论你是男是女

长期无原则的忍耐、无底线的憋屈无异于自杀

开心你就冒个泡，生气你就闹一闹

是有益于身心健康的

因为爱
我们成了家人

因为爱，我们成了家人

中国人习惯了把爱藏在心里

即使是学会了像老外那样表白求爱的年轻人

过了那一关后仍然不知道或不屑于

在日常生活中表达自己的爱

至于父母孩子的日常

这样的表达就更为稀缺

本来因为爱走到一起的一家人

就变成了谁管得着谁、谁依赖谁的关系

父母成了手握打骂特权的家长

与子女的沟通变成了说教

妻子成了处处管教丈夫的"女王"

夫妻之间大部分时间在斗嘴、斗智和斗狠

因为爱才有的家

往往变成了课堂、公堂、市场，甚至战场

鸡飞狗跳、满地鸡毛代替了温馨的爱的表达

而这一切的背后还有一句无比扎心的口号——

我都是为你好

因为爱，我们成了家人

千万不要因为爱而彼此伤害

家人闲坐 灯火可亲
一生至味不过一碗人间烟火

家人闲坐，灯火可亲

汪曾祺老爷子写过这样的话

> 家人闲坐，灯火可亲
>
> 四方食事，不过一碗人间烟火

这是一位文艺吃货对家和家常美食的浪漫描述

另一部古典笔记《围炉夜话》就是在这样的氛围里

家里长辈对晚辈的谆谆教诲

只是这些唠叨并不令人反感

因此也成了家人闲坐、灯火可亲的经典场景

也就是说，从古至今

我们对于家都有这样温馨美好的想象

对于幸福都有如此朴实浪漫的理解

寻常人家这样的温馨

也曾令身为贵妃的贾元春动容

她在省亲时便深情地述说自己对那种幸福的向往

只可惜养尊处优的公子小姐们

压根儿无法体会"岁月静好，现世安稳"的可贵

人间烟火气，最抚凡人心

有时候很庆幸，我们生为凡人

帐外有星空

奶奶的睡前故事有点惊悚

萧三闲

帐外有星空，奶奶的睡前故事有点惊悚

有过夏日在户外纳凉体验的人

应该都不再年轻

那些陪我们纳过凉的老人，他们还好吗

他们在哪里呀

也许已经成了夜空中某一颗不知名的星星

每天夜里默默凝望着毫不知情的我们

那时候，奶奶已经老了

夜里也看得见她银光闪闪的白发

她在地热未消的地坝上摆了一张竹制凉板

用凉水细细地抹过两遍

躺上去竟然有一点冰凉的感觉

为了防蚊，她在凉板上架起蚊帐

蚊帐用两根竹竿穿起

一头架在屋檐上，另一头用立起的长条凳支撑

一切准备妥当，我们便钻进了凉爽的夏夜

透过蚊帐可以依稀望见天上的星星和月亮

奶奶缓缓地摇着蒲扇，她的语气同样轻缓

她教会了我们认识牵牛织女星

她让我们知道天上住着许多神仙

她讲的睡前故事多是狐仙鬼怪

那时候我们听得怕怕的，甚至不敢睁眼看夜里的竹影

现在想来却是那样亲切可爱

父亲
那个永远默默为你托底的人

父亲,那个永远默默为你托底的人

父亲节跟大部分父亲一样没什么存在感

甚至很少有人向自己的父亲表白

人们习惯用"父爱如山""大爱无言"一类辞藻

掩饰长期以来对父亲的冷落与漠视

与此同时

抱怨父亲在家庭生活中隐形

或感慨父爱在成长经历中缺失的

绝非个例

事实上,父亲真有那么不堪吗

他们老实巴交勤勤恳恳忍气吞声的模样

非但没有让人感觉心疼

反而因为不善表达而被埋怨和误解

也许应该这样解读那两句虚伪的赞词

父爱如山,山本应该被踩在脚下

大爱无言,吃哑巴亏理所当然

长期遭受不公平待遇的父亲

仍然默默地存在,默默地为家庭付出一切

即使有一天

家散了,所有你以为爱你的人都离你而去

你一次又一次经历社会毒打孤立无助的时候

只要你还能想起他

他永远是那个为你托底的人

一如既往,一声不吭

假期安排这么有智慧
不出去浪完全是浪费

假期安排这么有智慧，不出去浪完全是浪费

每逢节假日必有神算法

各种拆借调休，总算拼凑出三五天法定假期

为什么假期安排这么有智慧

因为这些日子更有含金量

在如此金贵的假期面前

格局一定要往上拔一拔

眼光别盯着三倍工资的加班费

响应号召出去拉动消费才是正道

不出去浪完全是浪费

于是我们就亲临每次放假都在新闻里看到的现场

高速路上车挤车

火车站飞机场人挤人

到了任何景区都可以看到人山人海

真正体验了累并快乐着

更酸爽的是，放假通知也是涨价通知

出行六要素——吃、住、行、游、购、娱

每个环节都几倍甚至十倍地往上涨

当然成功带动地方假日经济节节高

这就是全国人民一起说走就走的代价

对普通人来说有点大

不过那几天的朋友圈有点好看

又是一年三月三
上巳祈福春水畔

又是一年三月三，上巳祈福春水畔

农历三月三，作为传统上巳节

差不多已经被遗忘

只是因为《兰亭集序》的至今流行

人们还勉强知道曲水流觞的曾经风雅

至于更多祈福仪式更是不复存在

直到新近盛行汉服，年轻人热衷复兴传统文化

才偶尔有小规模的摆拍作秀活动

稍微上点年纪的人

估计还记得小时候唱的那首儿歌

"又是一年三月三，风筝飞满天"

倒是一些少数民族地区的三月三还有规模较大的传统活动

甚至有法定假期

本来三月三春花乱开的时节

郊游踏青赏春再好不过

在吃吃喝喝的同时

如果还有一些有意思的仪式和活动

有什么不可以呢

文明的真正意义并非一味革除

也有包容、尊重和传承

天上掠过云中燕
绿水青山带笑看

天上掠过云中燕，绿水青山带笑看

绿水青山就是金山银山

这话我们再熟悉不过

人类从丛林野兽中走出来太久

如今终于意识到对自然资源的过度获取

已经不是长远之计

生态需要保护，资源需要再生

人类才能世世代代生活在绿水青山之间

金山银山并不意味着可供我们肆意开采

而是形容其宝贵值得世代珍藏保护

我们出行时都有一种感受

满眼葱绿的环境总让人心情愉悦

而看到被过度开发的山川河流

被黄沙荒芜吞噬的广袤大地

我们就觉得心里添堵

时光荏苒，我们只是过客

世界之大，我们只是苍生

没有任何理由可以无节制地消耗当下与未来

我们更应该学会爱护和欣赏

四季轮回与绿水青山之美

山含情水含笑

只有爱她的人才配看到

骑着马儿唱着歌
走遍祖国好山河

骑着马儿唱着歌,走遍祖国好山河

如果要论绝世侧颜杀

著名的马踏飞燕绝对算一个

它作为中国旅游的标志早已深入人心

的确堪称文物界的颜值担当

如果你不幸看到它的正脸

恐怕你不得不惊掉下巴

什么！您是来搞笑的吗

其实很多人都有这样的两面

一面一本正经惊为天人

一面妙语连珠谈笑风生

现在出门旅行的游客大多也是如此

滤镜下倾城倾国

搞起笑来令人惊叹

世界正因为这样的多面性而精彩纷呈

千人一面才是人世间最大的不幸

所以，我们没有不喜欢这匹踏飞燕的马

希望我们都能骑着马儿唱着歌

开开心心走遍祖国大好山河

说说笑笑
烦恼都跑掉
开开心心
越活越年轻

说说笑笑烦恼都跑掉，开开心心越活越年轻

在文物界，说唱俑是当仁不让的搞笑担当

这些来自两千多年前的泥人陶俑

手舞足蹈动作夸张地敲打着大鼓

表情更夸张地说学逗唱

他们竭尽所能无非是博人一笑

讨得几个铜板养家糊口

这行当现在早已没有

但好多流行的职业都得拜他们为祖师爷

用时下时髦的术语来讲

他们就是为观众提供"情绪价值"的人

放现在就是相声大师、曲艺大师

再不济也是才艺博主或搞笑网红

这些陶俑从汉代古墓里挖掘出来

说明他们是当时大户人家割舍不下的一部分

那些有身份的人希望在另一个世界

还能听到他们治愈的说唱和鼓声

这就是治愈的力量

我们的生活离不开提供情绪价值治愈我们的一切事物

正所谓——

说说笑笑烦恼都跑掉

开开心心越活越年轻

没有我们这样可爱的人儿
哪来那些有趣的历史

没有我们这样可爱的人儿，哪来那些有趣的历史

我是谁

我从哪里来

我到哪里去

唐风肉肉从一开始就喜欢研究这三大终极问题

直到有一天

她在"陕历博"看到了"自己"

那些可可爱爱的唐代仕女陶俑

顿时让她觉得人生有了出处

虽然用现代人的眼光看

她们都是该减肥的女孩

但她们实在憨态可掬肉嘟嘟

如果大唐历史没有这些不起眼的细节

没有这些不严肃的"边角料"

便只有六亲不认的征战杀伐和同室操戈的争权夺位

便只有宫廷权贵的狗血剧情和四面反叛的烽火狼烟

没有我们这样可爱的人儿

哪来那些有趣的历史

不想问你从哪里来
只想请你吃火锅和川菜

不想问你从哪里来，只想请你吃火锅和川菜

三星堆似乎是一个永远挖不透的大谜团

尤其是那纵目的大铜人

我不想问你来自外星还是商朝

我不想问你紧扣成环的手

曾经拿过神秘权杖还是外星信号接收器

我不想问你的身份是神职人员还是护法使者

我只想带你去看一看

你们长眠的这片土地早已沧海变桑田

你们也将像我们迷失在三星堆一样迷失在现代世界

你们的神灵在哪里

你们的同伴在哪里

你们那些魔法为什么失灵了呢

不去管它！我只想带你吃一顿火锅和川菜

毛肚、鸭肠、鸭血、嫩牛肉、老肉片、豌豆尖儿

回锅肉、鱼香肉丝、宫保鸡丁、火爆腰花、水煮肉片

这些才是这片土地最有魔力的魔法

所有人都被那麻辣美味迷惑

沉迷其中不能自拔

相信你也不会例外

你紧握的手正好可以端稳一杯大号冰啤

那可是火锅和川菜的好伴侣

你准备好了吗？纵目崽儿

身在福中要惜福
美中不足当知足

身在福中要惜福，美中不足当知足

老一辈的人最喜欢教诲小辈

身在福中要知福

其实不仅要知福，更要惜福

为什么这样讲

因为"福"换成现在的话来说就是"爱"

有福就是有爱

一方面是他人给你的爱

比如父母对自己的爱和照顾

比如师长兄长的关照和呵护

比如弟弟妹妹对自己的谦让等等

另一方面则是我们自己对他人的爱

如我们敬爱父母师长

我们友爱兄弟姐妹和朋友

我们爱自己的爱人

有爱的环境即是有福的体现

身在福中就是生活在一个有爱的环境里

有福之人便是有爱之人

爱他人爱自己便是惜福的表现

知足常乐，惜福长乐

山中一盘神仙棋
管他酷暑与三伏
萧三闲

山中一盘神仙棋，管他酷暑与三伏

按许多民间传说的说法

如果在深山里遇到两个老头下棋

一定要慎看

倒不是那棋有什么魔法

更不是路边摆残局骗钱的小伎俩

而是通常会遇到神仙下棋

你杵那里看半天看得津津有味

等他们消失不见

你再出得山来才发现

山中一日，世上千年

你原本生活的世界可能早已改朝换代

你的家人已经成了你第 N 世后代

更重要的是

你经历的并不是穿越，也找不到穿越回去的方式

独自身处再也回不去的未来你将何去何从

当然，这只是传说

真实的山中来盘神仙棋

倒是避暑的好办法

个中欢乐

管他山外的酷暑与三伏

怎么凉爽怎么待着就是了

晒姜晒被晒肚肚
腹有诗书人有福

晒姜晒被晒肚肚，腹有诗书人有福

传统有伏天晒姜、晒被的习俗

实际上那是相当科学卫生的做法

把压箱底儿的老棉被和嫁妆翻出来晾晒一番

不仅实力炫富

而且可以防霉防蛀杀死螨虫细菌

现代人也想这么晒

通常已找不到地方

想在巴掌大的阳台上完成这么大的工程

估计得从三伏晒到三九

但有一样东西我们还可以效仿古人拿出来晒一晒——

晒书

这在古人是另一种实力炫富

大户人家汗牛充栋的书要晒几个院坝

而穷读书人怎么晒呢

索性敞开胸怀直接晒肚子

问他为什么这样做

他说是在晒满肚子的诗书学问

当然免不了顺带晒晒一肚子牢骚

苏东坡说，粗缯大布裹生涯，腹有诗书气自华

多读书不一定能拥有多华贵的气质

但一定会有福，因为知足惜福

七月七日七夕夜
可怜牵牛织女心

七月七日七夕夜，可怜牵牛织女心

七夕是最近哪一年发展成中式情人节的

好像说不大清楚

但总觉得不太妥当

有一种和西方情人节强行对应的意思

传统七夕的核心内容是乞巧和其他祈福活动

女孩子们向织女星祈祷心灵手巧做得一手好女红

已婚妇女则"种生求子"（一种类似生豆芽的求子游戏）

孩子们也有中国"芭比娃娃"摩睺罗玩

男人们则拜魁星求一举夺魁考取功名

自始至终都跟爱情扯不上什么关系

人们大概觉得织女星常年孤零零在银河边太寂寞

就给她和河对岸一大两小的牵牛星配了姻缘

这才有了牛郎织女的故事

故事以狗血剧情始，以悲情大团圆终

符合我们既要维护礼法脸面又不至于人性完全泯灭的传统做法

让牛郎每年农历七月七日夜挑着一双儿女

与织女在鹊桥相会

这样的浪漫无疑伤心含量严重超标

换作现实男女谁能如此"长相厮守"到白头

这样的情人节是不是太悲情了些

半城山水平秋色
满目韶光共此时

半城山水平秋色，满目韶光共此时

这是应人民日报微博邀约

为杭州亚运会开幕式画的一幅主题插画

亚运会吉祥物三小只正在为迎接各国贵宾准备盛宴

其时正逢秋分时节

皓月当空，西湖静谧，三潭印月，桂花飘香

新酿的桂花美酒酒香四溢

新切的桂花糕也陈列妥当

东坡肉、宋嫂鱼羹、清炒虾仁、蒜香肋排、小炒肉……

悉数亮相

谁说大杭州是美食荒漠

想当年白公居易执政杭州

治理西湖疏浚运河筑白堤把杭城打理得诗情画意

后来苏轼也让杭州，尤其是西湖面目一新

与杭州有过交集的历代文人墨客

无不以白公、苏公为标杆

留下满城诗香一湖文藻

有道是

半城山水平秋色

满目韶光共此时

岁岁重阳今又是
人人安康事如意

岁岁重阳今又是，人人安康事如意

九为阳极之数，九九故名重阳

按传统的说法这是个非常特殊的大日子

中国人讲究阴阳平衡

极阴极阳重阴重阳不是什么好事

因此正月初一、三月初三、五月初五、七月初七、九月初九都要祈福

九月初九秋高气爽正适合扶老携幼登高祈福

重阳节因此也是传统重大节日之一

> 独在异乡为异客，每逢佳节倍思亲
>
> 遥知兄弟登高处，遍插茱萸少一人

王维笔下的重阳节是不是写出了春节过年的分量

重阳登高少不了菊花酒、重阳糕

男女老少都要头佩茱萸以辟邪祈福

杜牧也有一首著名的"九日"登高的诗

> 江涵秋影雁初飞，与客携壶上翠微
>
> 尘世难逢开口笑，菊花须插满头归
>
> 但将酩酊酬佳节，不用登临恨落晖
>
> 古往今来只如此，牛山何必独沾衣

从中可见古人是怎样过重阳节的

以欢愉驱散阴霾

乐观积极地活着

这就是值得我们学习的生活态度

有礼没礼
开心第一

有礼没礼，开心第一

我们过年过节讲究礼尚往来

但从古至今没有一个传统节日是专门给孩子们准备礼物的

除去现在的六一儿童节

西方源于基督教的圣诞节就有专为孩子准备礼物的环节

而且统一以圣诞老人之名

这不仅给孩子带来惊喜，更重要的是教会他们爱与希望

我们的传统是教导孩子知书识礼

但所采用的方式却不是爱与希望

而是为了达到某些实用甚至功利的目的

孔夫子曾表示，他最喜欢的就是和学生们一起

暮春之月游游泳吹吹风晒晒太阳

可惜我们后来的教育并没从中得到启发

我们过分强调礼信礼节礼仪

几乎所有节日都有祭祀的流程

却忘了对孩子的关照与呵护

按理说，节假日无一例外都应该是令人开心快乐的

有礼没礼并没那么重要

这里的礼包括礼俗和礼物

毕竟所有人都应该在爱与希望中快乐成长

而不是在僵化的条条框框中就范

房子不扫干净没法过年
心里不清空怎么过日子

房子不扫干净没法过年，心里不清空怎么过日子

过年前除了准备吃吃喝喝的各种物资

还有一个非常重要的环节

腊月二十四，欢天喜地扫房子

这里的扫房子可不是一般意义上的大扫除

而是把家家户户里里外外上上下下彻底清扫干净

以前的厨房通常是用的柴火灶

因此也是扫房子的重点和难点

锅底刮下的锅灰，屋顶扫下的灰尘

还会倾倒在房前屋后行人多的小路上

据说任人践踏之后来年的灰就会变少

类似的生活玄学还有不少

这样的大扫除也算是一种传统的断舍离

房子尚且如此

我们的心其实更应该定期地大扫除一番

该除尘的除尘，该收纳的收纳，该扔弃的扔弃

一丝不苟，毫不手软

让自己的心常扫常净

房子不扫干净没法过年

心里不清空怎么过日子

爱笑的人运气不会差
红运当头照你走天下

爱笑的人运气不会差，红运当头照你走天下

谁不喜欢爱笑的人呢

估计谁也不爱跟看上去就苦大仇深的人打交道

谁不是爱笑的人呢

当我们还是婴儿的时候

不都是吃饱睡足看见谁都笑的可爱宝宝吗

为什么一路长大，笑得越来越少了呢

是我们不爱笑了吗

并不是！只是我们越来越难以满足

我们自己的愿望

别人对我们的期望

人生就像我们做过的试卷

越往后越难

先是错得越来越多

后来是越来越难以作答

许多问题无关紧要，许多问题严重超纲

却无一例外必须回答

其实你任性一回又能怎样

只有快乐爱笑的人

才会更容易得到命运的眷顾

总有红运当头照你走天下

小妖怪的年夜饭

小妖怪的年夜饭

2022年夏天也是《小妖怪的夏天》

一只小妖怪引起了全网共鸣

作为一个普通打工人

他饱受小领导PUA（情感控制）

作为良知未泯的小妖怪

他不忍心听命大妖怪加害唐僧师徒

他不惜代价做出了自己的选择

他的梦想是有朝一日能离开让自己抑郁的浪浪山

是的，我们都是普通又不认命的小妖怪

天下哪里都是浪浪山

我们又能走到哪儿去呢

何况这里还有牵挂我们的老母亲

还有患难与共的兄弟朋友

我们只希望这普普通通的生活

平安喜乐

仅此而已

别想那么多

不如跟唐风肉肉一起好好吃顿年夜饭吧

没什么好说

那就祝大家新年快乐

红包雨下起来
让你想躲也躲不开

红包雨下起来，让你想躲也躲不开

自打有了微信群

尤其是家族群和同事群

每逢节假日

群里的"群众"就盼着大佬们发红包

这种红包通常是洒洒水普降甘霖

群里的人雨露均沾见者有份

也有更刺激的限量版

大家拼手速拼手气去抢

平日里闲着没事的时候

"群众"有事没事喜欢玩红包接龙

抛出一个限量版红包

由抢得最多的那一位接着发

这样接龙便可以没完没了玩下去

任何游戏玩久了都会腻

后来，同事群一般也就成了有事说事的工作群

而"相亲相爱一家人"的家族群

也就成了不到逢年过节没人冒泡的摆设

尽管如此，还是希望你好运常在

走到哪里都有红包雨下起来

让你躲也躲不开

财神爷爷 咱们回家啦

财神爷爷咱们回家啦

在人才济济的中国众神之中

我们无一例外偏爱财神爷

就像有段子说的那样

对封建迷信我嗤之以鼻

在财神面前我长跪不起

现在的年轻人可能没跪过父母双亲

却可能拜过财神爷

也许这就是所谓的"男儿膝下有黄金"吧

没有黄金谁下跪

财神爷的魅力为什么这么大

我们其实未必都是不可救药的财迷

可这个处处不让提钱的社会

哪里离得开钱呢

挣钱本事没别人大,万一运气好呢

拜财神爷这件事可能比买彩票更具性价比啊

走过路过拜一个

拜不了吃亏拜不了上当

至少在财神爷面前混个脸熟

以后真有啥好事也优先关照

所以,每年正月初五都是最大的日子

迎财神爷回家

都是一家人了,啥都好说

气顺身安我心舒畅
事顺人和百业兴旺

六六大顺

气顺身安我心舒畅，事顺人和百业兴旺

正月初六是传统开市的日子
因为六六大顺
做生意做事情谁不想图个"顺"呢
当然，做人也要一个"顺"字
心平气顺是一个健康人的标志
一个人如果心慌气短
必定是身体出了什么问题
不气喘不气急不气虚
身体才会感觉舒畅安泰
身体舒畅的人才可能精力充沛
做起事来才可能得心应手
事情做顺了心情更顺畅
这样就会进入一个良性循环
越做越顺，一顺百顺
可见一个"顺"字多么难得多么重要
就像网络"神曲"唱的那样

  祝你暴富暴瘦暴桃花

  祝你兜里都会有钱花

  祝你顺风顺水顺财神

  祝你朝朝暮暮有人疼

  祝你加油加薪不加班

  祝你彩票一下能中几百万……

这样的话谁听了不心平气顺感觉美美的

任你牛气冲天
我只爱春风拂面

任你牛气冲天，我只爱春风拂面

有些牛人是真牛，毫不吹嘘自己

朴实无华平易近人低调谦逊

有些自以为牛的人却牛气冲天

眼睛长头顶看天不看路

鼻孔朝天不屑一顾

见过斗牛的人都知道

牛气冲天实际上是一种不可遏制的怒气

这个词放在某些人身上

就成了一种嚣张跋扈的气质

眼睛长头顶上鼻孔看人

走在大街上横冲直撞把别人当空气

哪怕别人早已避让三尺

他飞扬的衣角也会不由自主地惹是生非

这样的牛人

大概以为别人投来的异样眼光

都是因为羡慕嫉妒恨

羡慕嫉妒未必，憎恨的确在所难免

更准确地说，应该是满满的鄙夷

要知道

人与人相遇相识相处

给人最好的感觉绝不可能是盛气凌人

而是如沐春风

辑三

人生不过一百年，开心一日赚一天

天大地大
不开心怎么装得下

天大地大，不开心怎么装得下

现代年轻人流行说

一想到要起床整个人就emo（抑郁）了

现实中抑郁的人也越来越多

无论男女老少感觉过得压抑郁闷的人比比皆是

为什么呢

有研究中国文化深层结构的学者曾分析

传统中国人注重"身"，鲜少关注到心的层面

关心的也不是个性本心，而是自己给别人留下的印象

所以不容易罹患真正心理或精神方面的疾病

当现代人的"心"开始觉醒，并因此感到痛苦

他们更难得到理解和认同

反而被视为矫情、想太多、想不开

这些所谓开导劝解进一步加重了患者的负担

那么我们成天挂在嘴上的开心与不开心

这里的"心"到底是什么

如果仅仅是身体关联的"心"

满足起来相对简单得多

如果是精神层面的"心"

那就是相当复杂的一个系统

不过，对于我们这些普通人来说

明心见性那么难

就多关照浅表的这个"心"吧

毕竟心情也很重要

天大地大，不开心怎么装得下

越天真越开心
烦恼焦虑伤自身

越天真越开心，烦恼焦虑伤自身

人的烦恼从哪里来

为什么现代人越来越容易焦虑

这是一个几句话不可能说清的问题

万事万物都有着千丝万缕的联系

对情绪而言，牵一发而动全身是难免的

也许上一秒你还觉得朗朗乾坤

下一秒便如坠深渊

其诱因还只有你自己知道

有人说，烦恼源于攀比

也就是一味地往上比

结果自然是人比人气死人

如果习惯了"别人骑马我骑驴，后面还有步行的，比上不足比下有余"

那自然会省却很多烦恼

当然，这样的功夫并非人人都能练就

而且现代人更多的焦虑源于安全感缺失

生活中感觉自己要被伴侣背叛或抛弃

工作中感觉自己会被同事取代或被淘汰

社会中感觉自己会被时代遗弃

一个人如果成天想这么多可怕的事情

不焦虑烦恼才怪，不生病才怪

所以不如让自己麻木一点，迟钝一点

每天都像个天真无知的孩子一样

开心快活多好

倒过来试一试
谁都不比谁容易

倒过来试一试，谁都不比谁容易

有句老话说

人性的本质是见不得他人好

见别人一旦取得更好的成就

便想当然生出一堆质疑

他一定是运气好

他肯定是有关系

他是投机倒把打擦边球

诸如此类，总之就是不肯承认别人优秀

更不愿意承认别人的辛苦付出

甚至连熟悉的人过得比自己好

自己也会不假思索地不服气

暗暗追问凭什么为什么

总之就是打死不肯承认别人比自己更优秀更努力

哪怕这个别人是亲朋好友

这就是可怕的嫉妒心

如果倒过来想一想

你换到别人的位置便会发现

其实谁都不比谁容易

要想成功都得付出代价和努力

甚至可能是你想象不到的付出

直起腰杆做个人
委屈别扭谁爱忍

直起腰杆做个人，委屈别扭谁爱忍

我们生活在网里

一个个大大小小由各种关系织就的网

我们宜圆滑柔软，忌棱角分明

否则便会为网所不容，或主动破网而出

于是，我们经常看到这样的场景

那些在各种网中游刃有余的人

无一不是"摧眉折腰事权贵"的高手

个个长袖善舞，人人多钱善贾

即使受尽屈辱也能唾面自干

相反，你如果想随时随地直起腰杆做人

理直气壮做事

势必会被排挤在网外

跟各种关系不存在半点关系

亦即王小波说的"一头特立独行的猪"

那是一件无比需要勇气的事情

希望有更多人冲破樊笼尘网

直起腰杆做人，委屈别扭谁爱忍谁忍

坚持坚持再坚持
撑起你的只有你自己

坚持坚持再坚持，撑起你的只有你自己

人要做成事情最重要的是什么

有人说三分天赋七分努力

也许这个二分法还不够

一分天赋二分努力七分坚持怎么样

天赋是让你对要做的事产生兴趣

把它变成自己想做的事情

仅此而已，毕竟天才并不是随处可见的

努力是让你找到做事的方法

师父领进门，修行在个人

接下来就只能靠你个人的坚持了

坚持坚持再坚持

只有坚持才能让你从萌新小白成长为熟手专家

欧阳修在《卖油翁》里道出了高手的独家养成秘诀——

"无他！唯手熟耳"

如果没有不放弃的坚持

便只有前功尽弃

所以，没有什么力量能一直支撑你

除了你自己的咬牙坚持

脚踏实地 仰望天空
全程努力 心态放松

脚踏实地仰望天空，全程努力心态放松

经常听到鼓励别人埋头苦干之类的话

实际上，埋头苦干可不是什么值得提倡的干法

如果所有人都这样干活

最多也就干些机械重复的粗笨工作

真正科学的工作方法也许应该是这样的

脚踏实地，凡事必须要有态度

不能不切实际凭空画大饼

与此同时，也不要因为脚踏实地而深陷现实泥潭

还得时不时抬头看看天

一方面休息一下颈椎，一方面要关注下一步的计划

未雨绸缪早做准备是任何时候都必要的

并不是所有人所有事都适合破釜沉舟背水一战

接下来就必须全程努力全神贯注坚持到底

在这一过程中最重要的一点

就是放松心态

有必成的信念，也有不成的心理准备

这样做任何事都应该不会出大的岔子

放下身段做事
成不成都得试

放下身段做事,成不成都得试

直起腰杆做人,放下身段做事

前者是为人的底线和原则

后者是做事的态度和方法

人可以无傲气,但不可无傲骨

说的就是做人必须得有底线有脊梁骨

蝼蚁尚且有不做的事

人如果为了私利而无所不为

就显得太不像人了

正常人毕竟不属于无脊椎动物

但我们在做事情的时候不能成为强直患者

弯不下腰放不下身段

除了指手画脚啥事都不会

因为这世界上有太多事必须由我们自己亲历躬行

只有自己参与体验才知道生活的乐趣

才能见证人生的精彩

不管结果成不成都得勇于尝试

这才不枉你来人间一趟

日复一日多无聊
坚持为生活添调料

日复一日多无聊,坚持为生活添调料

有人说,生活像是白开水

但有谁喜欢天天抱着凉白开喝呢

可乐、咖啡、雪碧、奶茶不香吗

谁说又好喝又解渴的饮料就一定不健康呢

谁规定生活只能平淡无奇、艰苦朴素

多姿多彩、有声有色的生活就有错呢

但这个能让你的生活变得不无聊的人

不是别人,正是你自己

有且只有你自己

你的兴趣爱好正是可以添加的调料

添油加醋做甜做咸悉听尊便

只是过日子跟做饭的区别在于

后者只要按流程加入调料翻炒一番就可以享受了

生活却需要你持之以恒地加料

日复一日地坚持加料

坚持,专注,享受每一个细节

这就是生活由枯燥乏味变得丰富多彩的秘密

这也是人生由苍白变得五彩斑斓的过程

追梦路上坑不少
你得学会修路和架桥

追梦路上坑不少,你得学会修路和架桥

在这个人人追梦的时代

经历不懈努力和一番苦苦追寻

有人美梦成真

有人大梦初醒

有人却遭遇一场场噩梦

可以说,追梦路上山路崎岖

你一路费劲攀登前行

必须当心路上的坑,狰狞的顽石

必须注意头顶的落石,脚下的悬崖

必须警惕路边的野花毒蘑菇,还要留意猎人的陷阱

必须学会逢山开路,遇水搭桥

历经九九八十一难

最终才可能追梦成功

当然,这一路走来

你收获的不止梦想成真的幸福

更有历经艰辛的成长与成熟

身体舒展 灵魂自由
快乐和白云在天空游走

身体舒展灵魂自由,快乐和白云在天空游走

天地之大,不过太虚一物尔

这是古人的宇宙观

太虚即宇宙,道家认为人体也是一个小宇宙

在宇宙之中,一切都应呈现出一种不争不抢的状态

各种情绪万千感受在你心头生起灭去

就像宇宙间大大小小的星系、星体、星云

各自在自己的磁场轨道上运行

经历不可避免的分分合合,消亡与再生

一切都是自由自在的样子

没有刻意的控制、扭曲,没有刻意的靠拢或疏远

像天空飘浮的云

风往哪儿吹便缓缓随风而行

该化雨便化为雨滴,该作雪便飘为雪花

我们僵直的身体也应该有这样的舒展自在

我们的灵魂也应这样自由自在

我们的快乐才会像白云

在无垠的天空自在游走

每天坚持一小步
未来收获大财富

每天坚持一小步，未来收获大财富

50多年前，"阿波罗11号"飞抵月球

宇航员阿姆斯特朗代表人类第一次踏上月球

他曾说过一句至今广为流传的话

"这是我个人的一小步，却是全人类的一大步"

其实我们每个人坚持的一小步

都可能成为影响自己人生的一大步

老祖宗说"不积跬步，无以至千里"

生命的终极意义

往往藏在那些微小而持久的坚持中

日复一日的勤学苦练，年复一年的坚持不懈

只是未来物质财富和精神财富积累的过程

每个人都是自己命运小舢板的舵手

或激流勇进，或随波逐流

即使风再大浪再高

只要按照心中罗盘的指引

全力以赴，努力向前

哪怕一寸一尺的进步

都能成就千里之行的壮举

无论你的梦想多么远大

都不要忽视每天坚持的一小步

除了咬牙坚持
你难道还有别的本事

除了咬牙坚持,你难道还有别的本事

据说晋惠帝时期,天下闹饥荒

他说出了一句"体恤民情"的名言——

> 百姓无粟米充饥,何不食肉糜?

很多时候,我们见不得别人劳作辛苦

也会很有同情心地说出类似的话

直到有一天,我们自己不得不咬牙坚持做一件事情

而且感觉别无选择的时候

才会彻悟有一些事情就是如此

除了咬牙坚持,你难道还有别的本事

但凡有一点点更好的选择

但凡有一丝丝转圜的余地

谁不愿意做出更优化的选择

谁不知道肉糜比草根、树皮、观音土更好吃更健康

谁愿意放着清福不享专门吃苦耐劳呢

就像那位晋惠帝,在后来的皇后篡权、八王之乱时

不也沦为傀儡,48岁就郁郁而终吗

你有选择的机会,自然会择善而从之

你没有别的本事,便咬牙坚持

这就是务实的态度,积极而治愈

就算低入尘埃，
也得仰望星空

就算低入尘埃，也得仰望星空

"我们活在阴沟里，但仍有人仰望星空"

这是爱尔兰作家奥斯卡·王尔德最震撼人心的名言

阴沟是一个什么样的环境

现代年轻人未必有所体验

但下水道的"威力"大概还是被知晓的

阴沟比下水道更为恶劣

我们显然不可能生活在不见天日的阴沟里

但低入尘埃却是常态

手执烟火以谋生

就是我们大多数人的现实生活

弯腰做事，低头觅食

人生并没有那么多的远大理想

粤语里的"揾食"就是这种生存状态

即使卑微也不卑劣

就算低入尘埃，也得仰望星空

因为黑格尔也说过

一个民族有一群仰望星空的人

他们才有希望

身清净心轻松
且将烦恼付东风

身清净，心轻松，且将烦恼付东风

我们所处的环境与莲极其相似

所以我们喜欢《爱莲说》里的那句话

> 出淤泥而不染，濯清涟而不妖

一个人置身社会大染缸而不改本色

不受任何诱惑而保持赤子之心

这就是所谓的清净

所以佛家也独爱莲花

其体现与象征的，正是这样的清净无染

当一个人的身心都清净自在

自然不会颠倒梦想，不会挂碍恐怖

这样的心哪来什么烦恼

凡夫俗子当然很难生就这样的身心

只能在后天不断修行

比如瑜伽、禅坐、冥想、站桩等

都是切实可行的方法和手段

在日复一日修持正念之后

逐渐实现身清净、心轻松的境界

静下心来想一想
世界没有我会怎么样

静下心来想一想，世界没有我会怎么样

人们喜欢幻想这个世界乃至整个宇宙消失后会怎么样

所以有很多科幻作品去探索那些可怕的后果

很少有人反过来假设

如果没有我，世界会怎样

这个世界如果是唯物的

那么，当你不存在了

世界仍旧按照某些规则运行

地球照样转得起来

最后按照既定的宇宙规则壮大或毁灭

这个世界如果是唯心的

万法由心，你不存在一切也都不存在了

总之跟你没关系

无须想太多

你的到来可能会为世界增添一抹亮色

那是因为你足够出彩

你的离去不能惊起一丝波澜

说明你足够普通

那些你看不见的粒子组成了你

也形成了这个世界和宇宙

万事万物的成住坏空本质上都有密切联系

却也没有任何关系

这就是令人费解的事实

少想点，省省心吧

任劳任怨不能蛮干
能屈能伸不越底线

任劳任怨不能蛮干，能屈能伸不越底线

任劳任怨一直以来都是我们赞扬的美德

也有人说，一个人普通平凡到找不出什么优点的时候

就夸他任劳任怨，至少工作态度还不错

在历年的工作总结、工作鉴定一栏

无论是对自己还是对别人

我们都习惯不假思索地写下这几个字

鲁迅先生说的"俯首甘为孺子牛"

其最重要的品质估计就有任劳任怨

任劳任怨是踏实肯干，绝不是埋头蛮干

无论怎么说，蛮干都是不值得肯定和倡导的

否则只会好事干坏帮倒忙

另一个常用来表扬人的四个字是能屈能伸

大丈夫能屈能伸说的是大义

人在屋檐下不得不低头说的是小节

人在大义小节上都要有弹性

过于刚直不阿容易折

有弹性的同时又得有底线

这样的人堪称完美

坚持坚持再坚持
最美不过默默坚持的你

坚持坚持再坚持，最美不过默默坚持的你

坚持两个字不知是哪个天才发明的

你看人说这两个字，尤其是连着说一串的时候

坚持坚持，再坚持坚持……

是不是特别像他正头顶千斤重量咬牙鼓励自己的样子

什么是励志

这就是励志

再看那些默默坚持的身影

哪一个不是让你一想起就崇拜不已

如果配上音乐，那就是相当的燃

比如在决战中战斗到最后一刻的将军

挥舞血刃迎向蜂拥而至的敌人

比如在高山绝壁上攀爬的勇士

仅凭一只冰镐悬挂在万丈冰谷之上

比如那些已经精疲力尽

仍在坚持完成自己工作的普通人

这些，都是最美的形象

坚持坚持再坚持

最美不过默默坚持的你

微笑保持背挺直
努力坚持做自己

微笑保持背挺直,努力坚持做自己

千百年来,学会做自己一直是我们比较薄弱的一课

在向来弱化个性的环境里

我们从一出生就被安顿在人群里

眼前围拢的是为你塑形的人

首先是接生大夫把你脑袋抓手里一顿搓

因为他们说脑袋圆的人有福气

接下来是奶奶妈妈把书本垫在你的小脑袋下让你睡觉

因为他们说后脑勺不睡平扎头发不好看

亲爱的妈妈又翻出一堆育儿经照本宣科

因为他们说大家都是这样喂养宝宝的

后来你又被塞进早教班幼儿园和各种兴趣班

因为他们说这样培养出来的宝宝更优秀

是的,你被培养得很优秀

你身边的所有同龄人都一样优秀

你以优异的成绩从名校毕业,他们也一样

他们被相亲、催婚、催生娃,你也一样

这难道真的是我们想要的生活吗

谁用模子翻刻了我们的人生

学会挺直后背做人,学会保持微笑拒绝

普通人更要学会努力坚持做自己

没什么大不了
天塌下来轮不到你伸脚

没什么大不了，天塌下来轮不到你伸脚

开天辟地是盘古爷爷的事儿

撞断天柱是共工干的活儿

补天还得找女娲娘娘

造字要找四只眼睛的仓颉

推演八卦得找伏羲

所有你崇拜和向往的丰功伟绩

其实都跟你无关

普普通通的人把普普通通的日子过好

就已经完成了你的历史使命

你成天一副忧国忧民的样子

焦虑什么

忧愁什么

就算天塌下来

也有高个儿大长腿顶着

轮不到你伸脚

谁不是个宝宝
谁不想放下世界睡个饱饱

谁不是个宝宝，谁不想放下世界睡个饱饱

这年头谁还不是个宝宝

生下来我们是爸爸妈妈的宝宝

长大了就是自己的宝宝

作为一个出生时连破汤匙都没含着的普通生命

你自己不把自己当宝

就没人把你当回事

你这一辈子注定没有众星捧月

更不可能有一群人成天为你的吃喝拉撒服务

就像那句很扎心的话说的那样

在家可能谁都当你是个宝

时时宠着你处处让着你

出门在外你就是根"草"

没人惯着你没人让着你

所以，好好爱自己吧

那些看上去很美、听上去很热闹的事情

其实跟你没什么关系

该干活就全力以赴打理好自己那一亩三分地

该吃饭就敞开肚皮吃个好

该睡觉就放下全世界睡个饱

让自己活得像个真正的"宝宝"

心似蓮开
清气满怀

心似莲开,清风满怀

即使在三伏酷暑天

你只要靠近荷塘就会觉得阵阵清爽

"接天莲叶无穷碧,映日荷花别样红"

如果有清风吹拂,更是满眼碧浪翻滚

一朵朵莲花便在碧波间翩翩起舞

粉色的,红色的,含苞待放的,尽情绽放的

似仙子,如精灵,更像晨练的舞蹈生

无论是唤作莲花还是荷花

给人的联想总是清净无染,无限美好

"清水出芙蓉,天然去雕饰"

是李白历经人世毒打之后在为自己做人生总结时写下的句子

他为自己起的名号也有"青莲居士"

大约是说自己见识了人间污浊如荷塘淤泥

仍出于其中而不染

为世人绽放如此圣洁脱俗的花

心似莲开,清风满怀

在尘埃里打拼生活
在云天上放飞自我

在尘埃里打拼生活，在云天上放飞自我

"野马也，尘埃也，生物之以息相吹也"

庄子在《逍遥游》里写过这样的句子

说山野间的雾气和尘埃，就是万千生物呼吸交融的结果

可见尘埃的确是相当接地气啊

从古至今，尘埃都被当作世俗气

历代士子文人都避之唯恐不及

比如说屈原"蝉蜕于浊秽，以浮游尘埃之外"

郁郁不得志的杜甫在自述诗中也说自己

"兀兀遂至今，忍为尘埃没"

至于那些修行者，更是生怕沾染半点尘埃

"时时勤拂拭，莫使有尘埃"

但对于寻常人而言

尘埃里有生活，尘埃里有人生

尽管我们不得不在尘埃里打拼生活

却也完全有机会在云天上放飞自我

这就是现实很骨感，理想很丰满

谁也不比谁容易
只是可能比你更努力

谁也不比谁容易，只是可能比你更努力

人的认知总是有局限的

因此很容易附会比较

看到邻居买了豪车

就感叹别人挣钱怎么那么容易

听说亲戚住了豪宅

便寻思他们运气怎么那么好

眼见同事被提拔

就嫉妒她能力不如我但怎么这么会"混"

世界上许多事，尤其是你身边发生的事

其实特别像王安石写的那句

"成如容易却艰辛"

你只见到看似容易的结果

却忽略了每个结果背后的艰辛过程

因为过程你不关心

而结果你太在意

要相信那句话

谁也不比谁容易

只是可能比你更努力

你不必让所有人都满意
但至少让自己过得去

你不必让所有人都满意,但至少让自己过得去

人生在世

每个人都有一个与生俱来的评价体系

这个评价体系背后就是所有与你有关的人

你无时无刻不活在他们的眼里、口头和心里

而你就自觉不自觉地根据他们的反馈为人处世

在这整个过程中

你最在意的是别人的意见和感受

几乎忽略了自己的感受

如果哪一天

这个评价体系不再工作

你就会感觉自己不再存在

这就是我们活得累的原因

事实上,别人的意见和感受没有那么重要

你根本不必也不可能让所有人满意

所有人都只是你生命中的过客

所有关系也都只是临时关系

你更需要关注的是你自己

你自己的存在,你自己的生活,你自己的感受

"处事有何定凭,但求此心过得去"

就像《围炉夜话》中说的那样

为人处世哪来什么定规,自己觉得过得去就可以了

遇事多往好处想
就算不好也莫慌

遇事多往好处想,就算不好也莫慌

人一辈子会遇到多少事

谁也不知道

程序代码难免有导致崩溃的 bug(缺陷)

何况随机性这么大的人生

每天都会遇到这样那样的事

意料之中的,意料之外的

层出不穷

生活说到底就是见招拆招的过程

你唯一可用的招数就是

遇事多往好处想

千万别提前焦虑紧张

有句古话说得好——

"安宁莫懈怠,遇事莫慌张"

虽说要有心理准备

但遇事就为可能出现的不良后果而焦虑不安

显然也是不明智的

毕竟万事万物都有变化转圜的可能

谁知道呢

就算不好的苗头出现了

也不要慌张,耐心解决就是

抬头挺胸做自己
无惧无悔走下去

抬头挺胸做自己，无惧无悔走下去

《了凡四训》开篇有句名言

"命由我作，福自己求"

既然命运由我自己做主

幸福靠我自己追求

那我为什么还喜欢听命于人呢

凭什么还让别人对我指手画脚

为什么做什么都要看人脸色行事呢

抬头挺胸做个人

自己的路自己选自己走

哪怕前路崎岖坎坷

你也只能无惧无悔走下去

因为就算那些当初让你乖乖听话

对你的命运说三道四的人

也不是救世主

也基本不可能出现在你最需要的时候

你只能靠自己走完人生

工作上少为难别人
生活中莫为难自己

工作上少为难别人，生活中莫为难自己

年轻人在说起工作那些事的时候

很大一部分内容是吐槽

感觉他们工作的意义就是为难别人

甚至以给人穿小鞋为乐

似乎不让下属为难就显得自己的领导无能

如果不整点幺蛾子就没有存在感

这是一种什么样的地狱式工作氛围

只有炼狱里的大鬼小鬼才这样

以折磨别人为本职工作

难怪很多人都有周一上班恐惧症

说起上班比说起上坟的心情还沉重

既然工作已经这样让人不省心

生活中我们更要千方百计善待自己

对自己好一点，对家人好一点

如果这一点都做不到

那反过来也很难做到工作上或其他方面善待他人

将心比心

工作上少为难别人，生活中莫为难自己

人生不过一百年
开心一日赚二天

人生不过一百年，开心一日赚一天

"人生短短几个秋"

关于人生苦短的感慨似乎从未停歇片刻

洒脱如李白也屡屡慨叹"白日何短短，百年苦易满"

《菜根谭》也说

"天地有万古，此身不再得；人生只百年，此日最易过"

人就这一辈子，哪来什么天长地久

人生再长也就百年

而且今天倏忽即逝

我们该如何度过这既短又快的一生呢

像人们常说的那样

愁也是一天，笑也是一日

苦也是一辈子，乐也是一辈子

你又不傻

为什么不选择开开心心过好每一天

快快乐乐过完一辈子呢

所以说

人生不过一百年，开心一日赚一天

菩薩低眉遇善則善
金剛怒目当斷必斷

菩萨低眉遇善则善，金刚怒目当断必断

常去寺庙里看看都知道

那里的菩萨看上去都低眉顺眼

而金刚则怒目圆瞪

为什么

戏剧《雷峰塔》里法海有一句台词正好可作注解

> 菩萨低眉，故自慈悲六道
>
> 金刚怒目，还须降伏四魔

菩萨低眉因为心怀慈悲

金刚怒目只为震慑妖魔

而菩萨与金刚并不是两个独立的角色

有时候，我们遇善则善

有时候，我们当断则断

如此才能如意地过好自己的人生

生活不易默默努力
人生艰难咬牙坚持

生活不易默默努力，人生艰难咬牙坚持

《朱子家训》有言——

> 一粥一饭，当思来之不易
>
> 半丝半缕，恒念物力维艰

感念生活不易、人生艰难的话很多

即使现代社会文明科技进步

对普通人来说，生活不易人生艰难也是不争的事实

曾听年轻人劝诫家里老年人不要提"节约"两个字

是的，每个时代有不同的消费观

但勤俭节约在任何时代都比铺张浪费更值得倡行

天下没有免费的午餐

一日三餐都需要我们通过劳动去获取

生活不易的唯一对策是默默努力

争取改善不易的现状

让自己和亲人过得稍微容易一些

人生也没有什么逃避困难的方法

只能咬牙坚持，在坚持的同时争取改善

我们之前没有哪一代人不是这样坚持下来的

我们之后也没有哪一代能生来就躺平

更不可能坐享其成

你待世界若真爱
世界看你更可爱

你待世界若真爱，世界看你更可爱

××虐我千百遍，我待××如初恋

以前常听人说这样的段子

这段子有一种忧伤的喜感

硬生生把糟心的现实说成浪漫爱情的感觉

而且按概率论，初恋少有修成正果的

所以你经受的所有"虐"最终都只会变成虐心

在许多人心里，得不到的初恋往往是真爱

尤其是若干年后当你带着回忆的粉色滤镜回首往事的时候

有一种大胆的假设

如果你待世界像真爱

那种虐你千百遍你都无怨无悔的真爱

你遭受的社会毒打又算得了什么呢

当你永远以赤子之心看待这个世界的时候

世界真的还会那么可怕吗

如果你把现实生活的种种遭遇当《西游记》里斩妖除魔的故事看

是不是会更好玩

痛也不那么痛，苦也没那么苦了

这就是生活中好玩的照镜子原理

你待世界若真爱，世界看你更可爱

撑住了
你也是一道风景

撑住了，你也是一道风景

> 你站在桥上看风景
>
> 看风景的人在楼上看你

卞之琳这两句著名的诗很有意思

当我们来到景区后看到"人山人海"的时候

这"人山人海"也成了一道风景

在这世界上行走

你以为自己只是过客

但哪怕只是打酱油的路人甲

其实你也是入镜的

需要专业的路人表演

要学会表情管理和肢体语言

有必要参看《论路人演员的修养》

作为一名路人

最重要的不是精湛的表演技巧和深厚的台词功底

而是千万不要拖后腿

无论在何种情况下

都得撑住，否则就变成了道具

永远记住——

撑住了，你也是一道风景

人生就像骑单车
不继续前行就下车

人生就像骑单车，不继续前行就下车

骑过单车的人都知道

这是在运动中把握平衡的典型项目

即使是世界慢骑自行车比赛的冠军

也不可能长时间在静止的单车上保持平衡

对于普通人来说

单车一旦停下来，人就得下车

在单车上继续保持平衡的唯一办法

就是不断向前骑行

而且骑得越熟练就越容易控制平衡

人生也是如此

只有不断奋力前行的人生

才更容易保持各方面的平衡

一旦突然加速或减速

都容易翻车

如果猛然停下

发生危险的可能就更大

别把自己搞得太紧绷
越忙越要放轻松

别把自己搞得太紧绷，越忙越要放轻松

现在流行一个词叫"松弛感"

这个松弛当然是指除皮肤以外的身体状态

尤其是精神状态

如果你不小心说某人皮肤松弛感十足

估计要被无情拉黑

因为这会引发女性朋友的无限紧张

人的松弛感体现在由内向外的身心不紧绷

心里没事，没有什么值得紧张的事

身体舒坦，没有什么不舒服的感觉

对当下的状态感到满足，或觉得无所谓

对未来不焦虑，或者不想关注

不打算进攻，也没打算防御

安于现状，任其自然

当然，松弛感不可能是一种常态

但是一种相当有效的放松方式

生活在当下这个焦虑泛滥的时代

有太多人喜欢四处贩卖紧张

作为一个普普通通的小人物

千万别把自己搞得太紧绷

越忙越要放轻松

否则吃亏的只会是你自己

浮躁时事事厌烦
息心处人人可亲

浮躁时事事厌烦，息心处人人可亲

心浮气躁是这个时代人的典型特征

稍有不慎锱铢必较，牵一发而动全身

人说烦就烦，都不给翻脸准备时间

就像川剧变脸一样有效率

而且通常躁郁相连

大哭大闹摔东西，血口喷人骂祖宗

甚至拳脚相向，身边人秒变出气筒

或者自伤自残，寻死觅活

这就是所谓浮躁时事事厌烦

看谁都是不共戴天的仇人

与此相反

世上也有息心处

老祖宗讲"和为贵"

人应当心平气和，和气生财，家和万事兴

对人如此，对自己更应该和和气气

只有当你和气待人、平和待己的时候

才会觉得世间温柔，人人可亲

过好当下每一天
想太多其实不相干

过好当下每一天，想太多其实不相干

我们现在动辄说活在当下

但你知道"当下"究竟是什么吗

难道只是立刻、马上、现在这么简单吗

据说"当下"是佛经里最小的时间单位

相当于1/60刹那，1/3600秒

也就是说，当下是完全不可能被你察觉到的刹那

在你不知不觉间便过去成千上万个当下

但当下即是永恒

你活在世上的所有感受都是由若干个当下构成

你的喜怒哀乐，你的悲欢离合，你的成住坏空

都是无数可能被把握和改变的当下

也是无数可能不被察觉和关注的当下

你根本没有机会为失去和错过而懊悔

因为当下从不停息

你能做的就是尽情享受你度过的每一个当下

过去不可留，未来不必追

唯有当下是你的全部

饭吃好觉睡饱
独立思考全力奔跑

饭吃好觉睡饱，独立思考全力奔跑

人的一些基本需求和能力

似乎很多人现在都越来越难以实现

比如好好吃饭，我们却总是以种种理由敷衍了事

加之现在食品安全又是个让人头痛的问题

饭吃好已经成了多数人面临的现实难题

再比如睡觉，我们也喜欢以种种借口搞得没法好好睡觉

加班、娱乐、刷手机、早起、焦虑加失眠

觉睡饱也因此变成了无法完成的任务

除此之外，还有爱因斯坦说的两项"一般能力"——

独立思考和独立判断

好多人不能做到呢

现实生活中不乏"妈宝男""妈宝女"

更厉害的是，还有很多离开孩子就没法正常生活的"宝妈""宝爹"

独立生活的能力尚不能完全具备

何谈独立思考和独立判断的能力

遇事六神无主，无事人云亦云

所以，普普通通的人还是具备这些一般能力就够了

饭吃好觉睡饱，独立思考全力奔跑

开开心心快活到老，免得被带节奏瞎焦虑

撑住撑住
不撑到最后不算数

撑住撑住,不撑到最后不算数

两个人或两支队伍较劲的时候

看热闹的啦啦队成员喜欢给他们鼓劲加油

尤其是双方胶着难分胜负时

我们最爱喊的口号就是——

撑住!

到山里去,常见到路边的山石危岩下

有一些貌似支撑的小木棍小树枝

显然是过往的人们有意撑在那里的

一些石刻卧佛像后面的石崖上

也常常可以见到类似的操作

其意义大概跟我们为人加油助威时喊的口号差不多

撑住!撑住!

世间万物都有需要撑住的时候

小到艰辛觅食的蝼蚁和我们每一个普普通通的生命

大到这颗星球上的山川河海乃至宇宙本身

否则都是不可想象的灾难

所以,让我们一起加油

撑住撑住!不撑到最后不算数!

就算背对大地摔倒
也要面朝天空微笑

就算背对大地摔倒，也要面朝天空微笑

常在河边走，哪能不湿鞋

人在世上跑，哪能不摔跤

有意料之中便有意料之外

意外如果能够防范杜绝，便不叫意外

所以有一句耸人听闻的大实话

谁也不知道明天和意外哪一个先到来

当然，我们说的通常是小意外

比如你风风火火走路

正意气风发的时候突然摔了个大屁股蹲儿

引发围观群众哈哈大笑，其中有你的暗恋对象

再严重一点点

比如你以为自己能扛起某种压力

潇洒自如负重前行

没想到马失前蹄、人仰马翻，摔了个四仰八叉

面对自己的大型"翻车现场"

面对那么多你在意的目光

怎么办

羞愧难当，你是恨不得找个地缝钻进去

还是爬起来继续忍辱负重，努力前行

都不是，你应该借机躺平歇一歇

面朝天空保持微笑

天没塌人没倒，没什么大不了

倒立都这么不容易
换位思考更了不起

倒立都这么不容易，换位思考更了不起

人一经直立行走

就把思想和自我摆在了至高无上的位置

因此人要倒立就是一件非常困难的事

不经过专门的训练一般人很难办到

而那些长期倒立的人往往也被视为四肢发达

倒立都这么不容易

要求一个人真正做到换位思考

切身站在他人的立场感同身受想问题更是难上加难

或者说，要求大家都有共情能力非常不现实

尽管老祖宗也教导

"老吾老，以及人之老；幼吾幼，以及人之幼"

"责人之心责己，恕己之心恕人"

但实操起来也往往是说得好听

做起来谈何容易

连鲁迅先生也感叹——

> 人类的悲欢并不相通，我只觉得他们吵闹

起风了莫硬扛
不想迎风起舞便乘风飞翔

起风了莫硬扛，不想迎风起舞便乘风飞翔

现代人流行找"风口"

专家说，当今世界不到三五年便会出现一个风口

站在风口上，猪都会飞

每个人都不承认自己比猪还差劲

但有几个人会不愿意成为"会飞的猪"呢

理论上我们都有站上风口的机会

只是起风的时候你在干什么

你是否足够敏锐第一时间察觉到风向

你若判断准确准备充分

自然"好风凭借力，送我上青云"

你若跑反了方向

就只能被大风吹得找不到东南西北

更要命的是，起风了你千万别跟风较劲硬扛

你就乘风起飞，飞到哪儿算哪儿

说不定就成了找到风口的猪呢

脸上有阳光
你便是太阳

脸上有阳光，你便是太阳

人的情绪是最具感染力的

有些人，你一见到他就情不自禁嘴角上扬

有些人，你一见到就不自觉眉头紧锁

有些人，你一见到就避之唯恐不及

这些人可能是你朝夕相处的亲朋好友

也可能是素未谋面的陌生人

为什么

有人说这就叫气场

每个人都有一个能量场

随时随地都在散发各种能量

这些能量有强有弱有阴有阳有正有负

他本人也许感受并不分明

但他的身边人感受最为明显

这与磁场强弱原理一致

那么，你属于哪种能量场呢

每天你身边的人从你那里感受到的是什么样的能量呢

换句话说，你在人群中是太阳还是月亮

是不知名的小星星，还是某种暗物质呢

希望所有人都见到你脸上有阳光

你便是太阳

人生路长孤单难免
学会做自己最好的玩伴

人生路长孤单难免,学会做自己最好的玩伴

唐人崔涂有一首写在除夕夜旅途上的诗

写尽了人生路上孤独的处境

  迢递三巴路,羁危万里身

  乱山残雪夜,孤烛异乡人

  渐与骨肉远,转于僮仆亲

  那堪正漂泊,明日岁华新

人生路,很多时候就像独自行走在路上一样

多少孤独多少无奈都在岁月无情流逝间

我们生来孤单,一个人来到这世间

经历悲欢离合,历尽生老病死

最终又一个人孑然离去

浮生若梦,为欢几何

纳兰性德留下的词句里

曾有"人生若只如初见"的片刻欢愉

更有"肯把离情容易看,要从容易见艰难"的孤单

百年之后回头看,人生不过一瞬间

但生在其中,却是路漫漫难免孤单

我们既要珍惜眼前人,与所有人好聚好散

又要学会做自己最好的玩伴

小时候我们有很多独自玩耍的时光

长大后可能会更多

辑四

不要慌不要慌，太阳睡了还有月亮

不要慌 不要慌
太阳睡了还有月亮

不要慌不要慌，太阳睡了还有月亮

在追求时间是金钱、效率是生命的人眼里

跟不上现代都市的快节奏就被视为与时代脱节

到处是行色匆匆的身影

到处是慌慌张张的面孔

我们到底在忙什么

或者说追求什么呢

生活在发达的社会难道不是一日三餐

难道不是以家人幸福生活为奋斗目标

"日出而作，日入而息"的老祖宗不是一直这样做的吗

我们像没头苍蝇一般疲于奔命

却可怜兮兮地怀念"从前车马慢"

何苦来哉

还是老话说得好

不要慌，不要慌

饭要一口一口地吃

一口吃不成个大胖子

太着急还可能被噎着

今天的事干不完还有明天

太阳落山了有月亮

来日方长

有事慢慢忙

没事偷着爽

世事未必都如意
坚持一定有惊喜

世事未必都如意，坚持一定有惊喜

人生不如意事十之八九

所以事事如意才成为大家最爱的愿望

不能说都事与愿违

但事情喜欢朝你期待的反方向发展

却是不容置疑的事实

大概因为这些说不清的"定律"存在

我们总感觉坎坷挫折无所不在

也习惯应用先贤的"鸡汤"安慰自己

比如天将降大任于是人也

必先苦其心志，劳其筋骨，饿其体肤，空乏其身，等等

于是为了那不知所云的大任

坚持，坚持，再坚持

不敢说坚持一定就是胜利

而是说坚持是你唯一的选择

当然，在坚持的过程中

一定会惊喜不断

这是不争的事实

成不成事没关系,要盛就盛个大柿

成不成事没关系，要盛就盛个大柿

大概没人记得成功学是什么时候泛滥成灾的
所谓成功学大师凭着三寸不烂之舌
让自己登上了成功之巅
其实，成天把成功挂在嘴上的人
都是割韭菜的高手
或者想把人当韭菜割的别有用心之徒
古今中外真正的大师们都自己默默追求成功
从不鼓吹所谓的成功学
因为真正的成功学不来
就像某些心态好的家长告诉孩子说的那样
学得进去就学，学不进去多吃两碗饭
我们干事情也是，成不成事没关系
只要尽了心努了力
不必把自己逼得喘不上气

控制小情绪管好牛脾气
收获一辈子大吉大利

控制小情绪管好牛脾气，收获一辈子大吉大利

现在流行一种说法

90后整顿职场，动辄炒了老板鱿鱼

00后整顿课堂，一不小心就让老师下不来台

反倒是忍来让去的我们

动不动就喜提"结节N件套"

我们接受了这么多年的"忍一忍"教育

真的不灵了吗

为什么忍了这么多年也没练成忍者神功

为什么我们的情绪管理一塌糊涂

为什么我们的情商低到总是造成误伤

尽管现代医学认为适当发泄有益于身心健康

但学会如何跟他人、环境和自己更融洽地相处

仍是长久保持身心健康的根本

控制自己的小情绪，管好自己的牛脾气

则是做到这一点的前提

唯如此方能收获一辈子大吉大利

人生匆匆似花开花落
尽情绚烂何须问结果

人生匆匆似花开花落，尽情绚烂何须问结果

写"要留清白在人间"的于谦也是多情种

他写过一首《落花吟》，感叹人生易老和花开花落

> 昨日花开树头红，今日花落树头空
>
> 花开花落寻常事，未必皆因一夜风
>
> 人生行乐须少年，老去看花亦可怜
>
> 典衣沽酒花前饮，醉扫落花铺地眠
>
> ……

就算人生匆匆似花开花落

也不必像"林花谢了春红"的李后主那样以泪洗面

更不必像葬花的黛玉那样凄凄切切

花开时你只管绚烂，多姿多彩只是本色出演

花落时你尽情飞舞，红尘流水只是命中归宿

至于结什么果，果子酸甜苦辣跟你已无关系

元代徐贲把这种花开花落的洒脱写得最到位

> 看山看水独坐，听风听雨高眠
>
> 客去客来日日，花开花落年年

鸭梨山大不用怕
炖成梨膏润一下

"鸭梨山大"不用怕,炖成梨膏润一下

2000多年前建立起马其顿王国的亚历山大大帝怎么也不会想到

自己在21世纪的中国成了家喻户晓的名人

而且跟他统一希腊征服埃及灭掉波斯的辉煌战绩无关

他成了我们无法承受的压力的谐音代名词

"压力山大"还有一种可爱的写法——"鸭梨山大"

有人分析,当代年轻人头顶N个巨大的"鸭梨"

供房、供车、供娃、工作、婚姻、健康、医疗、养老、环境……

个个都很大,真的吃不消

怎么办

中医认为多食生冷对脾胃不好

那就只有文火慢炖

温水煮青蛙,习惯就好

肩头担子再重,习惯就好

一锅炖不下,就一锅接一锅慢慢炖

炖成梨膏滋润一下被压力搞坏的身子

再接着炖接着熬

我的生活我做主
适当减负不受苦

我的生活我做主，适当减负不受苦

儿时有过负重或挑重担经历的人都知道

当负荷严重超出你的承载能力的时候

人的本能反应就是抗拒

直接撂挑子

如果强行撑起来

也会泪水汗水齐飙

压得想哭，或直接哭出来是常有的事

最后卸下重负就只想躺平啥也不干

因此，普遍感觉"压力山大"的时代

就会听到"躺平"，甚至"摆烂"的声音

谁都不是天生的懦夫

谁都想竭尽所能承担起自己那一份责任

但这绝不是无限加码的理由

当你等不到别人为自己减负的时候

选择主动为自己减负是天经地义的本能

无论以何种姿态存在的人生

都是值得尊重的

别管今天会不会开心
每一天都值得十二分用心

> **别管今天会不会开心,每一天都值得十二分用心**

不管今天发生了什么

不管今天你过得开心不开心

也不管你今天做过些什么

这一天都是24小时

一分一秒都将成为过去

凭你有通天的本事

不能多出一分少去一秒

正如圣人孔子在川上发出的感慨——

"逝者如斯夫,不舍昼夜"

而且来者亦如斯

诗仙李太白也说

"夫天地者,万物之逆旅也"

"光阴者,百代之过客也"

天地不过是万物的客栈

光阴只是古往今来的过客

我们只是时间洪流里裹挟的一个粒子

任由来去,不得私自稍作停留

苏子曰:"人生如逆旅,我亦是行人"

人生如此匆忙,无论你今天过得怎么样

每一天都值得你十二分用心

否则便追悔莫及

你我都需要一次壮游
去探寻内心秘境的入口

你我都需要一次壮游,去探寻内心秘境的入口

欧洲流行一种 Grand Tour（大旅行）

对应传统中国精英的举动就是"壮游"

利用不工作的 The Gap Year（间隔年）来一次深入持续的 Grand Tour

这一传统至今被视为欧洲精英的成年礼

蒋勋先生说，中国曾经有很长一段时间有很伟大的壮游文化

最著名的就是 20 岁的司马迁驾着马车壮游四方

"读无字之书，禀山川豪气"

最后"究天人之际，通古今之变，成一家之言"

写出了"史家之绝唱、无韵之离骚"的《史记》

唐代大诗人如李白、王维、杜甫、孟浩然等

都有过各自辉煌的壮游史

尤其是杜甫写下一首自传性质的《壮游》

可见他游历之深远，其中有句——

　　东下姑苏台，已具浮海航

　　到今有遗恨，不得穷扶桑……

玄奘更是只身完成了前往天竺取经的"西游记"

读万卷书，行万里路

才是你为人生应该做好的准备

人生的长度每个人都差不多

真正能拉开差距的只有人生的"宽度"

这就需要我们用双脚去探索丈量

也许你心灵秘境的入口就在某个未知的地方

"人不会老去，直到悔恨取代了梦想"

美国艺术家约翰·巴里莫尔曾如是说

前行路上多辛苦
务必学会放下和知足

前行路上多辛苦，务必学会放下和知足

人生前行路上的辛苦是在所难免的

身为普通人最有效的法宝只有两件

放下和知足

《围炉夜话》有言

"境难足于心，尽行放下，则未有不足矣"

无论外在环境如何都很难满足心中欲念

不如全部放下

那么你也就不会觉得有什么不满足了

这要放下的便是你的欲念

佛经诸多篇幅讲"放下"

其根本也是要你放下种种欲望和执念

唯有放下，才能免于贪、嗔、痴、慢、疑"五毒"攻心

放下的同时要知足

《老子》有言

"故知足不辱，知止不殆，可以长久"

凡事知足才不会给自己招来屈辱

凡事懂得适可而止才不会带来风险

才能实现长久的安宁与幸福

总之，"知足者富"

唯有自己知足才能感觉富足

"知足之足，常足矣"

只有知足带来的满足感，才能保持常态

以万物为宝藏
自己才能成为宝藏

以万物为宝藏，自己才能成为宝藏

你对待万物的态度

会像镜面反射一样投射到自己身上

暴君视万民如草芥

老百姓也从不把他当人看

嚣张跋扈者把他人当刍狗

他人便骂他刍狗

你若动不动骂人垃圾

在别人眼里你也是半斤八两

凡是尊重他人的

才可能得到他人的尊重

你把万物当宝藏

自己才能成为宝藏

"天生万物，唯人为贵"

是站在人类立场的狭隘偏见

天生我材必有用

这里不只是指我自己，也是人人

更是天下万物

前行路上坑连坑
学习佩奇跳泥坑

前行路上坑连坑，学习佩奇跳泥坑

有一段时间流行过这样的段子

城市套路深，我要回农村

农村路也滑，到处都是坑

其实无论城市农村，也无论古今

人生路上一直是坑连着坑的

有天然形成的，也有人为设置的

就算你处处小心翼翼

也避之唯恐不及

对于这样的坑连坑

动画片《小猪佩奇》给出了一种令人开心的解决方案

那就是欢欢喜喜跳泥坑

当命运无从改变时

不如就当成游戏开开心心地玩吧

以前有一部意大利经典电影《美丽人生》

一对犹太父子被关进纳粹集中营

父亲就一直告诉孩子是在陪他玩游戏

保护了孩子幼小的心灵免受残酷现实伤害

所以，人生一场戏，心态排第一

有人愿意为你铤而走险
千万别装看不见

有人愿意为你铤而走险，千万别装看不见

如果你有一天出门发现想去的远方无路可走

你会怎么办呢

是像名士阮籍那样放声大哭吗

还是铤而走险去探索尝试

或者说，等着有人为你铤而走险

铤而走险听上去通常没有那么光鲜

甚至有些贬义

但如果这世界上有人因为你铤而走险

你千万别装看不见

因为这世间那么多人

甘愿为你冒风险背骂名的人一定不多

就算只有一个，你也是幸运儿

好好珍惜，好好感恩

自己的王宫自己建
该搬的砖还得努力搬

自己的王宫自己建，该搬的砖还得努力搬

莎士比亚在《亨利四世》里有一句著名的英国谚语

"欲戴王冠，必承其重"

也就是说，你要享受什么样的待遇、荣誉

必须自己承受相应的压力，承担相应的后果

现代人在这句话后面还加了一句

"欲享其容，必受其痛"

所有的美丽与荣光，都是需要自己付出代价的

想要过上公主的生活

如果投胎的运气不好

就必须自己动手创造一切

自己的王宫自己建

该搬的砖还得努力搬

一味幻想白马王子的一个吻

或像灰姑娘那样得到那双水晶鞋

都是不切实际的

走稳人生钢丝绳
时刻不忘抓平衡

走稳人生钢丝绳，时刻不忘抓平衡

有时候想想

人生像极了走钢丝

钢丝的两端被固定

好比生命的起点和终点

你还会有一些辅助工具和安全措施

比如平衡杆、安全绳等等

这是你人生路上可以借助的工具和寻求的帮助

当你小心翼翼在钢丝上开始挪动脚步

必须时时刻刻注意你的脚下

同时必须牢牢紧握平衡杆

才能保证安全平稳向前

走在人生路上

你也随时不忘紧握平衡

在保证安全平稳的前提下

才能平安无事到白头

无论是马戏城里的普通走钢丝

还是阿迪力的高空钢丝

都是如此

走在钢丝绳上最难的事是休息

人生路上歇一歇也没那么容易

一举高中
旗开得胜

一举高中，旗开得胜

近些年高考送考的宝妈们制造了许多关注焦点

她们通过独特的穿着打扮和各种道具

把各种吉利的谐音梗玩到了极致

比如一溜儿穿高开衩的旗袍

便寓意着"旗开得胜"

因为高考时间与端午节临近

每人手举一只粽子

便寓意"一举高中"

又比如手里再拿一枝葵花

就寓意着"一举夺魁"

有些地区还有更具幽默感的做法

比如穿上紫色的内裤

便寓意"指定（紫腚）能行"

诸如此类，民间的智慧总是无穷无尽

既贴近生活，又幽默风趣

让现实生活"充满了快活的空气"

更努力的自己才能成为更幸运的锦鲤

更努力的自己，才能成为更幸运的锦鲤

因为鲤鱼跃龙门的典故

锦鲤象征好运、转运的历史已经相当悠久

宋人王珪有一首诗描写的就是御花园锦鲤

  禁沼冰开跳锦鲤，御林风暖啭黄鹂

  金舆未下迎春阁，折遍名花第一枝

然而锦鲤也不是人人都当得好的

古人又说：德不配位，必有灾殃；人不配财，必有所失

那些没有经过努力和打磨

一时侥幸成为锦鲤的

最后往往得不偿失

现实生活中许多突然中大奖的

还有那些拆一代、拆二代

在泼天的富贵面前手足无措

很快便回到锦鲤转运前的样子

甚至更惨

所以，只有更努力的自己

才能成为更幸运的锦鲤

努力打拼换来的幸运

才能是真幸运

许你乘风破浪的自由
谁不想做一回任性勇敢的波妞

许你乘风破浪的自由，
谁不想做一回任性勇敢的波妞

喜欢宫崎骏动画的人

多半看过《悬崖上的金鱼姬》

没有人会不喜欢任性勇敢的波妞

身为海神的女儿

波妞从小被封禁在深海喂养

直到有一天

她溜出去见到了美好的人间

认识了男孩宗介

就没有什么能阻止波妞对幸福的向往了

哪怕因此掀起千尺浪

哪怕与海神决裂

哪怕人鱼殊途

只要许我乘风破浪的自由

我便"直挂云帆济沧海"

只要前方有美好幸福的影子

谁不想做一回任性勇敢的波妞

这一程顶峰相见
下一程曙光乍现

这一程顶峰相见,下一程曙光乍现

我们各自努力,顶峰相见

青春少年们在大考前喜欢这样勉励彼此

人生每个阶段诚如爬山

山一程,水一程

爬了一座山,又蹚一条河

一山更比一山难,一山更比一山高

攀登路上

志同道合的人互相加油打气

也有不能坚持的同伴中途撤下

顶峰相见的都是胜利者

但这一程的顶峰绝不是终点

而只是下一程的起点

你在这一程见过的晚霞

可能正是下一程的曙光

有时候,前行路上也许没有同行者

更没有加油打气的声音

"鸡犬寂无声,曙光射寒色"

只要你自己默默坚持

曙光仍会与你顶峰相见

我愿像小溪流 穿行美丽山川
我欲于群山之巅 凝望多彩人间

> 我愿像小小溪流穿行美丽山川,
> 我欲于群山之巅凝望多彩人间

张桂梅校长是感动中国的风云人物

她创办的华坪女高有一则校训——

> 我生来就是高山而非溪流
>
> 我欲于群峰之巅俯视平庸的沟壑
>
> 我生来就是人杰而非草芥
>
> 我站在伟人之肩藐视卑微的懦夫

当女高的孩子们齐声宣读时

那场景相当震撼人心

对于我们这些普通人来说

很难具备如此撼人心魄的气势

对于一颗平凡心来说

能像一条小小溪流穿行美丽山川

便是无比幸福的生活

绿水青山,一路相伴

潺潺欢歌,自由自在

还有比这更美好的人间烟火吗

对于一个普通灵魂来说

能在群山之巅凝望多彩人间

站在白云与鸟儿的视角

普普通通的人世间也是天堂

人生路风雨无阻
辛苦前方是幸福

人生路风雨无阻，辛苦前方是幸福

有一趟旅程

一经开启便风雨无阻

正常情况下没有人能中途放弃

哪怕天上下刀子

也得硬着头皮继续前行

这就是人生路

连朱熹都不免感叹

"河汉西流去不息，人生辛苦何终极"

这人生的辛苦简直没完没了

就像江河水一样西流不息

好在对于知足的人来说

辛苦前方是幸福

日常的小满足就像这条路上的驿站

消解偶尔的乏味和困顿

人生节点的幸福

则是让我们坚持走下去的动力

其实，我们对幸福的要求并不高

如海子的著名诗句——

> 从明天起，做一个幸福的人
>
> 喂马，劈柴，周游世界
>
> 从明天起，关心粮食和蔬菜
>
> 我有一所房子，面朝大海，春暖花开
>
> ……

用七分正经努力工作
留三分有趣认真生活

用七分正经努力工作，留三分有趣认真生活

曾经有一位著名创业导师倡导所谓"三分理论"

被许多人津津乐道

他说所有人应该八小时工作，八小时思考，八小时睡觉

虽然这套理论不像"996"那样无情

其实也并不怎么近人情

如果我们每天在工作之余仍得不到放松

还要花那么多时间来思考工作相关的问题

哪来享受生活的时间和心情呢

我们时常说，努力工作是为了享受生活

如果每天全身心投入工作上

哪还有精力享受生活

所以，更好的"三分法"是

用七分正经努力工作

留三分有趣认真生活

对于大多数普普通通的人来说

生活才是人生的本质

凡是以忽略生活为代价的行为

最终得不偿失

凡是为生活本身更有意义而做出的努力

都值得一试

有事没事多读书
挣多挣少都知足

有事没事多读书，挣多挣少都知足

很喜欢宋人翁森的《四时读书乐》，其中有句——

> 山光照槛水绕廊，舞雩归咏春风香
> 好鸟枝头亦朋友，落花水面皆文章
> 蹉跎莫遣韶光老，人生唯有读书好
> 读书之乐乐何如？绿满窗前草不除

爱读书的人都深爱读书的乐趣

有事没事手不释卷

如果现代人把刷手机的时间用来读书

世间一定是另一副模样

明代于谦在《观书》中把读书写得更有意思

> 书卷多情似故人，晨昏忧乐每相亲
> 眼前直下三千字，胸次全无一点尘

我们多半不念旧

早已忘了书这个"故人"

很遗憾，也只有多读了几本书的人

才可能明白知足常乐的道理

才不会为了世俗欲望贪得无厌

他们懂得挣多挣少都能过好自己的日子

老板为人怎么样
关键就看年终奖

老板为人怎么样，关键就看年终奖

有人说，中国人是"做"出来的

我们通常不在意自己做事做得怎么样

但必须在乎自己和别人做人做得怎么样

比如打工人为老板打工

自己希望工作轻松成天摸鱼

却幻想老板给自己优厚的待遇、丰厚的年终奖

如果不，那就是老板为人不行

反过来，老板在观察员工工作能力的同时

更在乎员工为人处世的表现

而且都是通过一些鸡毛蒜皮的小事来判断

比如电梯里碰到领导是否主动打招呼

来了客人是否热情接待

平时跟同事的关系如何

自己的主观观察还不够

必须加入其他同事的评价

有了这样一套跟工作基本没有关系的评价监督体系

所以我们老感觉工作心累职场事多

你必须在做好本职工作的同时

演好为人处世的戏码

否则你的工作永远干不好

我和我的祖国
一刻也不能分割

我和我的祖国,一刻也不能分割

普普通通的中国人

都有一颗与生俱来的中国心

父母生我养我

我们自然爱自己的父母

家给我们无可替代的安全感

我们自然全心全意爱自己的家

生在红土地,长在红旗下

我们自然深爱我们的祖国

这无须任何说教

这无须任何引导

我们深爱这片博大深情的土地

我们深爱那些南来北往的乡愁

我们深爱万家灯火与一碗人间烟火

我和我的祖国

一刻也不能分割

这不是刻意的表白

只是真情的流露